溺愛貴公子とうそつき花嫁

CROSS NOVELS

真船るのあ

NOVEL:Runoa Mafune

緒田涼歌

ILLUST:Ryoka Oda

CROSS NOVELS

CONTENTS

CROSS NOVELS

CONTENTS

溺愛貴公子とうそつき花嫁

Presented by Runoa Mafune with Ryoka Oda

真船るのあ

Illust
緒田涼歌

CROSS NOVELS

「ただいま！」

鎌倉《かまくら》にある古民家に、元気のよい声が響き渡る。

玄関で靴を脱ぐ間も惜しいのか、慌ただしくばたばたと足音を立てて長い廊下を走っていくのは、十八、九の少年だ。

身長は百六十五センチとやや小柄で細身だが、顔が小さく等身のバランスがよい。

少々事情があり、長めに伸ばしている黒髪は、色白で整った容貌《ようぼう》の少年をよりいっそう少女のように見せている。

切れ長の瞳に、小さな造作の顔のパーツが人形めいた美貌だが、その華奢《きやしゃ》な体格と可憐《かれん》な容姿に見合わず全身からは有り余る元気が溢《あふ》れていた。

季節は初夏。

そろそろ七月を迎えるということもあり、走って帰宅した彼、藤倉陽《ふじくらひなた》は汗だくだった。

「あらあら、賑《にぎ》やかだこと」

通りかかった居間を覗《のぞ》くと、祖母の美代子《みよこ》と父方の伯母がお茶を飲んでいるところに出くわした。

「あ、伯母さん、こんにちは」

「お邪魔してるわ、陽くん。大学生になったんですってね。おめでとう」

「ありがとうございます」

「なにをそんなに慌ててるの？」

「今日、リアムとスカイプする約束してるんだ。あ、あと五分！　それじゃ伯母さん、ごゆっくり！」

腕時計を見て叫ぶと、陽は再び走り出し、二階にある自室へと階段を駆け上がる。

「陽くんも大きくなって。すっかり元気になってよかったわねぇ。小さい頃は身体《からだ》が弱くて大変だったのに」

なにせ古い木造住宅なので、二人の話し声は筒抜けだ。

「そうなのよ、うちの人が迷信深かったでしょう？　藤倉家は代々男子が若死にしやすい、その難を逃れるには女の子として育てればいいんだって言い出した時には、もうどうしようかと思ったけど、あの子が風邪一つひかない健康体に育ってくれたのを見ると、あながちただの迷信でもなかったのかしらと思うのよ」

「確か、小学校に上がるまで女の子の着物着てたわよね、陽くん。本当に女の子かと思うほど可《か》愛《わい》らしかったわねぇ」

丸聞こえの会話に、陽は頭を抱える。

――お祖母《ばあ》ちゃんってば、またあの話してる！　やめてって言ってるのにぃ。

祖母にとってはただの思い出話かもしれないが、陽にとっては男子一生の恥なのだ。

そう、藤倉陽は幼い頃病弱で、なにかと言えば熱を出す体力のない子供だった。

なんの因果か、この藤倉家の男子は代々早死にする者が多く、何度もお家断絶の危機に遭ってきたという。

一人っ子の陽は大事な跡取り。

なにがあってでも無事に育ててみせるとの、祖父の鶴《つる》の一声で、両親の反対も押しきられ、陽は小学校に上がる直前まで女の子の服を着せられ、女の子として育てられてきた。

そうすると魔除《まよ》けになり、無事に育つという迷信があるらしい。

当時は自分でも女の子だと信じていて、近所で遊ぶのも女の子との方が多かったほどだ。

祖父の気合を入れた対策に効果があったのか、はたまたただの偶然だったのか。

陽は無事にすくすくと成長し、すっかり身体も丈夫になった。

ただ、女子にはないものがあり、自分が女の子ではなく、男だと知った時にはそれはカルチャーショックを受けたものだ。

なにしろ女装をさせるために幼稚園も行かないでよろしいと言い切り、自宅で自ら陽にひらがなの読み書きを教えてきた祖父のことだ。

義務教育がなかったら、心配性の祖父はいつまで女の子の恰好《かっこう》をさせていただろうと想像するだけでぞっとする。

――お祖父《じい》ちゃんのおかげで、俺はとんでもない約束しちゃったんだからな！

そう文句を言いたくても、祖父は二年前に他界してしまった。

両親は父親の海外赴任で、今はオーストラリアのシドニーにいる。

ちなみにそれが決まったのは陽が中学一年の時だったが、陽を連れて行きたがった両親に、せっかくできた学校の友達と別れさせるのはかわいそうだから、おまえたちだけで行ってこいと言い放った祖父である。

かくして陽は生まれた時からずっと、この家で育ってきた。

祖父がいなくなった今、祖母と二人暮らしになってしまったので、祖母一人を置いていけず、よけいに両親の元に行くことはできなくなってしまった。

とはいえ、両親はまめに帰国して会いに来てくれるので、寂しくはない。

なにはともあれ、健康に育ててくれた恩に感謝し、残された祖母はお祖父ちゃんの代わりに俺が守るからね、と陽は天国の祖父に誓っていた。


そういうわけで、とにかく部屋へ戻ると、陽は着ていたシャツを脱ぎ捨てて着替え始める。

取り出したのは、ピンクのシャツだ。

持っている服の中で一番ユニセックスに見えるもので、それを着た後はハンドタオルを丸めたものを二つ胸元に詰めてにせ胸を作る。

仕上げに髪を梳《と》かし、これまた苦労して薬局で買ったピンクのグロスをぎこちない手つきで唇に塗った。

これが今の陽にできる、精一杯の『女装』だ。

悲しいかな、それだけでも充分女の子に見えてしまうというのが問題なのだが。

なぜ、こんな下準備をしているのかというと……。

そこでスカイプのコール音が響き、陽は飛び上がる。

スカイプは、パソコンに取りつけたカメラでテレビ電話のようにお互いの顔を見ながら会話できる。

海外の相手と会話するには、便利なツールだ。

待ちかねたコールに、陽は慌てて勉強机のパソコンに向かい、応答した。

「はい！」

『やぁ、陽。元気かい？』

パソコン画面に映し出されたのは、蜂蜜《はちみつ》色の金髪が目にも眩《まぶ》しい、絶世の美青年だ。

年の頃は二十五、六。

ギリシャ彫刻がそのまま人間に変身したのではないかと思うほど整った彫りの深い美貌に、アクアブルーの瞳が印象的である。

七つほど年の差はあるが、彼、リアム・L・アルダートンと陽は、一言で説明するなら幼馴染《おさななじ》みのような関係だった。

「うん、元気だよ。リアムお兄ちゃんは？」

『久しぶりに陽の顔を見たら、元気が出たよ。少し髪が伸びた？　その髪型も可愛いよ』

「あ、ありがと」

臆面《おくめん》もなくさらりと『女性』を褒めるのがうまいのは、外国人の血が流れているからだろうか。いつも彼の言葉にどぎまぎさせられてしまう陽だ。

「そっち、朝だよね。出勤前？」

リアムがびしりとした、皺《しわ》一つないワイシャツにネクタイ姿だったので、そう問う。

何度見ても彼のスーツ姿は、同性の自分から見ても惚《ほ》れ惚《ぼ》れするほどかっこいい。

『ああ。出勤前に陽の可愛い顔が見られて今日も一日頑張れそうだ』

ロンドンと東京《とうきょう》の時差は、約八時間。

日本《にほん》の方が早いので、こちらが夕方だとロンドンは朝だ。

『でも、どうして二、三カ月に一度しかスカイプしてくれないの？　僕は毎日でも陽の顔が見たいのにな』

と、カメラの向こうでリアムが小首を傾《かし》げてみせる。

その凶悪なまでの美貌は、常に人の目を惹《ひ》きつけて放さない、凄《すさ》まじい威力を持っていた。

たまにしかスカイプに応じないのは、あまり画像を見せると自分が女の子ではないとバレてしまうからだ。

心の中でそう呟《つぶや》くが、当然声には出せない。

「な、なんでも！　リアムお兄ちゃんってば、すぐそういう恥ずかしいことばっかり言うからだよ」

本当は陽だって、チャットやメールだけでなく、こうしてリアムと顔を合わせて話したいのに。

――どうして本当のことが言えなかったんだろ……。

今さら後悔しても、あとのまつりだ。

陽は、初めてリアムに会った日のことを思い出していた。


あれは、陽が五歳の頃のことだ。

まだ自分が女の子だと信じていた頃、陽の自宅の数軒隣には、和風建築が多いこの辺りではひどく目立つ瀟洒《しょうしゃ》な洋館が建っていた。

純白の壁にアールデコ調の繊細な飾りで縁取られた、美しい建造物だ。

かなり敷地が広く、その周囲は堅牢《けんろう》な壁と生け垣でぐるりと囲まれていて、全体像は見えなかったが、一部垣間《かいま》見えるその外観とも相まって、まるでそこだけヨーロッパの邸宅のような雰囲気だった。

祖父たちの話によれば、その洋館は東京に住むお金持ちの別荘らしく、陽が物心つく頃からほとんど無人だった。

こんなに広い家が別荘だなんて、東京のお金持ちというのはすごいなぁと子供心に感心したことをよく憶《おぼ》えている。

人がいないと聞くと、もう気になってしかたがない。

外観だけでもまるで絵本の中に出てくるお城のようなのだから、中にはどんなに素敵なものがあるのだろう、と想像するだけでわくわくしてきた。

生来やんちゃだった陽は、外遊びするふりをして洋館の周囲をくまなく観察した。

そして生け垣に子供が出入りできるほどの隙間《すきま》を見つけたのだ。

自分だけの出入り口を見つけた陽は、時折そこから入り込み、広い庭を探検したりしていた。

今考えれば、子供とはいえ立派な不法侵入行為だったので思い出しても冷や汗が出てくる。

祖父や親たちには見つからないよう、こっそり探検を楽しむようになってしばらくして、季節は夏になった。

自分だけのお庭と勝手に決めて、陽はその日も隣家を訪れた。

そこには広い芝生に囲まれた庭があり、白詰草《しろつめくさ》が咲いているのは調査済みだ。

陽のお目当ては、その一面に咲き誇っている真っ白な花だった。

近所の女の子たちの間で、最近白詰草の冠を編むのが流行《はや》っていて、この穴場を知っている陽は皆に、『今日は自分が花を見つけてくるから』と約束していたのだ。

持参してきた籐《とう》カゴを手に、勇《いさ》んで生け垣の下から入り込んだ陽だったが。

いつも無人だった屋敷の窓が開けられ、風に白いカーテンが揺れているのが見え、その場に立ち尽くす。

閉め切りだったテラスのサンルーフは開け放たれ、置かれていた白いテーブルとデッキチェアには天使が座っていた。

蜂蜜色の金髪に、紺碧《こんぺき》の海の底を思わせる蒼《あお》い瞳。

年の頃は、十一、二歳くらいだろうか。

白いシャツに黒の半ズボンを穿《は》いていた少年を見て、陽ははっと息を呑《の》んだ。

幼い陽の目には、その姿はまるで絵本に登場する天使のようにしか見えなかったのだ。

一人、デッキチェアに座り、ぼんやりと庭を眺めている少年の瞳から大粒の涙が零れるさまを目にし、陽はその場に立ち尽くした。

まるで宗教画でも見ているような、その神々しい光景は、今でも鮮明に記憶に残っている。

すると、陽の存在に気づいた少年が、ゆっくりとこちらを向いたのでドキリとした。

そうだった。

自分は勝手に人の家の庭に入ってしまっていたのだったっけ。

慌てた陽は、ぺこりと頭を下げる。

――かってにはいって、ごめんなさい！

とにかく謝ると、少年は不思議そうに陽を見つめた。

そして、

――きみ、まるで日本人形みたいだね。

と綺麗《きれい》な発音の日本語で言った。

確かにその時は髪も肩まで伸ばしていたし、肩上げした紅い浴衣を着ていたので、外国人である彼にはよけいにそう見えたのかもしれない。

当時、自分は女の子だと信じていた陽は、褒められて嬉《うれ》しくなる。

――僕の名はリアム。きみは？

――ひなた。ございい。

と、陽は小さな手をパーにしてみせた。

そのあどけない仕草が可愛かったのか、リアムが微笑《ほほえ》む。

――ひなたちゃんか。可愛い名前だね。

椅子《いす》から立ち上がり、彼は芝生の上に膝《ひざ》をついて陽と目線を合わせてくれた。

――自己紹介したから、僕たちはもう友達だ。次からは正面にある門から入ってきていいよ。

――ほんと⁉

この素敵なお庭に、正式に招待されるなんて。

陽にとっては、途方もないご褒美をもらった気分だった。

嬉しくて嬉しくて、陽はなぜ自分がここへやってきたのか、その理由を説明した。

――白詰草、摘みたいんだね。好きなだけ摘んでいいよ。

――リアムおにいちゃん、ありがとう！

満面の笑顔で礼を言い、陽はさっそく白詰草を摘み始める。

途中、石に躓《つまず》きかけながらも手を動かしていると、小さな子を一人にするのが危険だと思ったのか、リアムは再びデッキチェアに戻り、そばで見守ってくれていた。

そんな彼をときどき振り返り、陽はさっきから聞きたくてたまらない質問をした。

――あのね……どうして、ないてたの？

その問いに、リアムは遠い眼差《まなざ》しで空を見上げる。

――とても悲しいことがあったんだ。

――ふぅん……。

なんだかそれ以上は聞けなくて、陽は困ってしまった。

なんとか、元気のない彼を慰めてあげたい。

幼い頭を一生懸命働かせた陽は、ふといいことを思いついた。

――ひなた、リアムおにいちゃんにもしろつめぐさのかんむり、あんであげる！

そう叫び、陽は一心不乱に白詰草を編み始める。

小さな手で一生懸命花を編み込んでいく作業を、リアムもそばにやってきて珍しげに眺め始めた。

——上手だね。

——うん！　おともだちのなかでも、ひなたがいちばんじょうずなんだよ？

数本の白詰草を円形に編み込み、最後をきっちり留めれば白詰草の冠の完成だ。

——できた！

完成したそれを、陽はリアムの金色の髪の上に恭しく載せてあげた。

その姿は、やはりクリスマスの絵本に出てくる天使さまに似ていた。

——リアムおにいちゃん、てんしさまみたい！

——ありがとう。大事にするよ。

リアムが本当に嬉しそうにそう言ってくれたので、陽も嬉しくなってにっこりした。

そんな陽を、リアムが幾分眩しげな瞳で見つめる。

——また明日も、来てくれる……？

——うん！　あしたもいっしょにあそぼうね！

こうして、リアムと陽の交流は始まった。

夏休みの間中、陽はほとんど毎日のように隣の屋敷を訪れ、リアムに会いに行った。

大きなお屋敷は大抵ひっそりと静まり返っていて、ハウスキーパーの女性とリアムしかいないことが多かった。

リアムの母親を見かけたのは、ほんの一度か二度だ。

線の細い、かよわくてはかなげな外見だがとても美しい女性だった。

リアムの話では身体が弱く、入退院を繰り返しているのであまり屋敷にはいないらしい。

リアムは外へ行くことをあまり好まず、屋敷から出ることはほとんどなかった。

お外へ遊びに行こうと誘っても、首を横に振るばかりだ。

今なら、彼が自分の外見を気にして外に行きたがらなかったことはよくわかる。

でも、当時はそんなことを理解できる年齢ではなく、外で遊ぶのもいいけど、リアムと二人でいられるならここでもいいか、と思う程度だった。

家の中でカードゲームを教えてもらったり、庭で追いかけっこや日向《ひなた》ぼっこをしたり、二人でいろいろなことをして遊んだ。

リアムはその年頃の少年にしてはひどく大人びていて、なんでもよく知っていた。

好奇心に駆られ、どうしてリアムは金色の髪なの？　と質問すると、彼は自分の父はイギリス人で、母親は日本人だからだよ、と教えてくれた。

本来、黒髪の親がいるとハーフでも金髪の子が生まれる確率は低いのだが、母はイギリス人の祖母がいるクオーターなので、自分が金髪なのはそのせいかもしれないと言った。

彼の話はとても面白くて、しばしば時間が経《た》つのも忘れてしまう思いだった。

陽はリアムの膝に乗せられ、絵本を読んでもらう時がなによりしあわせだった。

今思えば、同世代の子供と遊ぶ方が楽しいだろうに、リアムは七つも年下の子供の面倒をよく見てくれたものだと感心する。

そのうち陽の家族とも顔見知りになり、陽の家にもよく遊びに来てくれるようになった。

そうして夏休みが終わると、リアムは地元の小学校に編入し、日本の学校に通い始めた。

その間も二人の交流が途絶えることはなかったが、三カ月ほど経ったある日のこと。

いつものように、リアムが学校から帰る頃を見計らって遊びに行くと、テラスで陽を待っていたリアムの顔色は紙のように白かった。

そして初めて出会った時のように、その頬《ほお》に涙の跡があるのを見て、なにか大変なことが起きたのだと察した陽は急いで彼に駆け寄った。

——リアムおにいちゃん！　どうしたの⁉

すると彼は、眦《まなじり》に涙を溜《た》めて呟いた。

——父さまから連絡があって……僕だけイギリスへ戻らなきゃいけないって。

——ええっ⁉

てっきりリアムはこのまま日本で暮らすのだと思っていただけに、それは陽にとっても寝耳に水の話だった。

なすすべもなく茫然《ぼうぜん》と立ち竦《すく》んでいると、リアムが立ち上がり、いきなり陽の小さな身体を抱きしめてくる。

——母さまとも……陽とも離れたくないよっ！

——リアムおにいちゃん……。

幼い陽には、どうすることもできなくて。

なにもしてあげることができなくて。

ただ切なくて、悲しくて。

つられて陽もぽろぽろと大粒の涙を零した。

しゃくり上げて泣いていると、リアムが親指で涙を拭《ぬぐ》ってくれる。

見上げると、彼は少し思い詰めた表情で言った。

——大きくなったら、僕のお嫁さんになるって約束してくれる？

——うん、なる！

大好きな大好きな、リアム。

お嫁さんになるなら、リアムしかいない。

もう出会った頃からそう思っていたので、返事にためらいはなかった。

陽が即答したので、リアムも嬉しかったらしく少し笑みを取り戻す。

――きっと陽を迎えに来るからね。

いつ？　と聞きたかったけれど、できなかった。

幼い陽にも、それがすぐでないことだけはよくわかったから。

だから代わりに、幼い小指を差し出した。

――やくそくだよ……？

――うん、約束。

二人の小指が絡んで、そして名残惜《なごり》しげに離される。

あの時、リアムと交わした『ゆびきりげんまん』の感触は、何年経っても忘れることはない。


『……た、陽？』

何度も名を呼ばれ、陽は長い物思いから現実へと引き戻された。

そうだった。

今はリアムとスカイプ中だったのだっけ。

「ご、ごめん、ちょっと昔のこと思い出しちゃって」

『昔？』

「うん、リアムお兄ちゃんと初めて出会った頃のこと」

『ああ。初めて陽に会った時は、本当に日本人形が歩いてると思ったよ。あれは衝撃的な出会いだったな』

「うちのお祖父ちゃんが古風で、和服ばっかり着せられてたからね」

当時のことを思い出すと、苦笑してしまう。

あの頃の少女めいた風貌と肩上げされた浴衣では、イギリス育ちのリアムにとっては確かに日本人形にしか見えなかっただろう。

そうなのだ。

リアムが帰国してからもずっと二人の交流は続いていたが、時期を逸してしまった陽はついに自分が男だとは言い出せずに今まできてしまったのだった。

リアムとのスカイプの時のために故意に髪を伸ばし、その時だけちゃちな『女装』をしているのはそのためだ。

そして今も、リアムは自分が女の子だと信じて疑いもしていない。

――でもリアムお兄ちゃんは、あんな子供同士の約束なんか、もうとっくの昔に忘れてるよね？

自分は男で、当然結婚などできないのだから忘れてもらっている方が好都合なのだが、一抹の寂しさを感じてしまう。

こうして遠距離で会えなくて、時折メールやチャットでやりとりする際も、陽の他愛のない相談に乗ってくれたり、リアムはよき兄のような存在となっていた。

イギリスに帰国してから、リアムは規律が厳しいことで有名な、名門のパブリックスクールに進学し、そこで全寮制生活を送ってきた。

その頃は外部との連絡にも制限があるらしく、ほとんどやりとりをすることもできず、たまに文通するのがやっとだった。

十八歳でパブリックスクールを卒業し、リアムはあの有名なケンブリッジ大学に進学。

こちらでも寮生活だったらしいが、経済学部を優秀な成績で卒業した。

二十六歳になる現在、リアムは父親が経営するロンドンの老舗《しにせ》デパートで働いている。

「でも、すごいよね。ケンブリッジって世界の大学でもトップクラスなんだよね？　お……私なんか日本の大学入るのだってやっとだったのに」

『陽だって、日本では名門の法学部に進学するなんてすごいじゃないか。あそこは女子学生が少ないって聞いたことがあるよ』

「う、うん」

思わぬ指摘に、冷や汗が出る。

リアムの前では、『男勝りの女の子』という設定で、故意に女の子らしい話し方はしないようにしている。

その方が、万が一ボロが出てしまった時にごまかしやすいと思ったからだ。

『ところで、今日は陽に一つお願いがあるんだけど』

「お願い？　なに？」

リアムが自分に頼みごとをしてくるなんて、とても珍しいことだ。

「言ってみて！　私にできることなら、なんでもするから」

自分でも役に立てることがあるなら、と陽は思わず身を乗り出す。

『実は……』

リアムは珍しく歯切れが悪い様子だったが、意を決した様子で言った。

『父が……一方的に結婚話を進めてしまっていてね。このままだと来年にはそのお嬢さんと結婚させられてしまいそうなんだ』

「ええっ⁉」

思いがけない内容に、つい声を上げてしまう。

「そんな……リアムの意志は聞いてくれないで？」

『ああ。父は父で、僕にとって一番いい縁談だと信じていて、悪気がないから困ってるんだよ。でも僕は……結婚は本当に好きになった人としたいんだ』

「そうだよね。わかるよ」

大昔ならともかく、この現代に親の決めた相手と結婚するなんてナンセンスだ。

そんなの、自分だったら到底我慢できない。

陽はリアムのために心から憤慨した。

『阻止するには、僕に恋人がいれば簡単なんだけど、残念なことに今そういう人がいなくて。というわけで、陽に夏休みにこっちに来てもらって僕の恋人役を演じてほしいんだ』

「こ、恋人……⁉」

この申し出には、さすがに驚いた。

まさか自分がリアムの恋人役を頼まれるとは、思ってもみなかったからだ。

本物の女の子なら、いくらでもリアムの力になってあげたい。

けれど……。

「ほかに頼める人、いないの……？」

おずおずと、そう代案を出してみるが。

『こう見えても、僕は人見知りなんだ。さして親しくもない女性にそんなことを頼んでも、きっと見破られてしまうよ』

リアムは画面の向こうで、気落ちした様子で肩を落としている。

『その点、陽なら気心が知れてるし、可愛い妹みたいなものだしね。自然に振る舞えると思うんだ。お願い、僕を助けると思って協力して』

「で、でも……」

『往復の航空チケットや滞在費はすべて僕が出すから、費用に関してはなにも心配しなくていいよ。陽はただ、身体一つでこっちに来てくれればいいんだ』

リアムが本当に困っているのなら、助けてあげたい。

だが、スカイプではなくリアルに会うとなると、なおさらごまかしは通用しない。

長い時間そばにいて、本当に彼を騙《だま》し通せるのか自信はまるでなかった。

「……ちょっとだけ考えさせてもらってもいい？」

『もちろんだよ。無理を言ってごめんね。でも、陽にしか頼めないと思ったから』

そう告げたリアムの瞳が、ひどく真剣で。

できることならなんだってしてあげたくなってしまう。

お別れを言ってスカイプを切った後、陽は一人考え込む。

しばらく向こうに滞在するとなると、自分が男だとバレてしまう確率は格段に高くなる。

なにより、こんな即席のものではなく、本格的な女装が必要だ。

それでもリアムの親族たちの目を欺き通せるだろうか……？

――どうしよう……。

悶々《もんもん》と悩んでいると。

「陽、ごはんよ」

階下から祖母に呼ばれた。

いつのまにか、もう夕飯の時間になっていたのだ。

「……今行く」

とりあえず夕飯を食べてからまた考えようと、陽は階段を下りて居間に向かった。

伯母はもう帰ったらしく、祖母が卓袱台《ちゃぶだい》におかずを並べている。

六十半ばになる祖母は、普段からきちんと着物を着て生活している、古きよき時代の大和撫子《やまとなでしこ》だ。

いつもきっちり髪を結い、綺麗な恰好をしている祖母は陽の自慢である。

「手伝うよ」

いつも率先して手伝う陽は、味噌汁《みそしる》とごはんを椀《わん》によそい、お盆で運んだ。

陽が住む自宅は築百年を超える、みごとな旧日本式邸宅なので、食事は居間で古式ゆかしい円卓に座布団でいただく。

障子を少し開けると、網戸からいい夜風が入ってきた。

「いただきます」

きちんと両手を合わせ、祖母が作ってくれた南瓜《かぼちゃ》と冬瓜《とうがん》の煮物を頬張る。

が、頭の中はさきほどのリアムとの会話でいっぱいで、つい箸《はし》が止まりがちになってしまった。

「どうしたの？　なんだか浮かない顔ねぇ」

「……うん。ちょっと悩みごと」

「お祖母ちゃんに話してごらんなさいな。亀《かめ》の甲より年の功って言ってね。年寄りの意見を聞いたら解決することもあるのよ?」

そう言われて、むらむらと相談したい気持ちが湧《わ》き上がる。

それでなくとも、陽はかなりのお祖母ちゃんっ子なのだ。

「……実は」

結局、陽は今まで祖母にも隠してきた事実を打ち明けてしまった。

幼い頃の自分しか知らないリアムが、いまだに自分を女の子だと信じきっていること。

今さら男だとは言えず、その誤解を解いていないこと。

そしてリアムの家の事情で無理やり結婚させられそうになって、彼が困っていることなどを一息に話す。

祖母は黙ってそれに耳を傾けていた。

「ほかに頼む人がいないって……リアム、すごく困ってた。俺でできることならなんでもしてあげたいけど、でも……」

「イギリスでずっと女の子を演じ続けられるかどうか、自信がないのね?」

祖母の言葉に、無言でこっくりとする。

すると、なにを思ったのか祖母は突然立ち上がり、自分の部屋へ行ってしまった。

どうしたのだろうと思っていると、しばらくして着物のたとう紙を両手に捧げ持って戻ってくる。

「これ、私がお嫁入りの時に持ってきたものなんだけど」

言いながら、祖母は大切そうに紐《ひも》を解き、中からそれはみごとな振袖《ふりそで》を取り出した。

「わぁ……すごい綺麗だね」

幼い頃から自分も着物を着せられ、毎日着物を着ている祖母を見て育ってきた陽には、素人ながらもその振袖がどれくらいの逸品であるかはすぐにわかった。

おそらくは京友禅《きょうゆうぜん》だろう。

年代物だが、かなりの高級品だと思われた。

「お母さんも成人式と結納に、これを着たのよ？」

「そうなんだ」

「これ、貸してあげるわ。着付けも教えてあげるから。和服は身体のラインをうまく隠してくれるから、大丈夫でしょう」

「お祖母ちゃん……」

反対されるとばかり思っていた。

まさか祖母が応援してくれるとは思わなくて、陽は驚く。

「大事な人が困っているなら、助けてあげなさい。それが陽のいいところなんだから」

重ねて言われ、陽は手渡された振袖を見つめた。

数十年の時を経て、これだけいい状態で保存されているのだから、いかに祖母がこの振袖を大切に扱ってきたのかがわかる。

「こんな大切な着物、いいの……？」

「どうせもう着る女の子はうちにはいないんだから、気にしなくていいの。いい？　陽。着物っていうのは着てこそ価値のあるものなのよ？」

それは昔からの、祖母の口癖だった。

確かに、どんなにみごとな着物でも、箪笥《たんす》の奥にしまっておくだけではただの宝の持ち腐れだ。

とはいえ、祖母の優しさが嬉しかった。

自分に女の子が演じきれるか、迷っていた陽だったが、これで覚悟が決まった。

大好きなリアムが困っているなら、なんとかして助けてあげたい。

そのためにはできる限りの努力をするつもりだった。

「ありがと、お祖母ちゃん。それじゃ着付け教えてくれる？」

「ええ、それじゃ夏休みまで特訓ね」

と、祖母はにっこりとした。

こうして、陽の夏休み前の慌ただしい日々が始まった。

リアムに『行く』と返事をすると、それはそれは喜んでくれたので頑張り甲斐《がい》がある。

幼い頃は着物生活だったせいか、実に十数年ぶりとはいえ、思っていたほど違和感なく振袖に袖を通すことができた。

祖母からは着付けのほかにも、畳み方やら手入れの仕方まできっちり習う。

これでリアムの家族に挨拶《あいさつ》する際の準備はいいとして、問題は普段着だ。

リアムはこれを機にぜひ自分の家で夏のバカンスを過ごしてほしいと言っていて、その時期に合わせて彼も休暇を取るという。

なので、最低二週間は滞在してほしいと乞《こ》われ、リアムと過ごせるのは嬉しいけれど、今度はその間の衣装に頭を悩ませる羽目になった。

自分で服や化粧品を買うにしても、小遣いとバイト代ではそんなにたくさん揃《そろ》えるのは難しいし、第一なにをどう選べばいいのかさっぱりわからない。

あれこれ悩んだ末、陽は幼馴染みを頼ることにした。

彼、南方晃《みなかたあきら》は道路を挟んだお向かいに住む幼馴染みで、子供の頃の『女の子』だった自分を知っている、数少ない友人の一人だ。

その晩、あらかじめ電話を入れておき、陽は彼の家を訪れた。

お互い公立だったので、中学、高校までは地元でそれこそほぼ毎日一緒だったが、大学ではそれぞれ進路が別れたので会うのは久しぶりだった。

「よ、久しぶりだな。彼女できたか？」

開口一番そう聞かれ、陽は苦笑する。

「久しぶりって言っても、一カ月ぶりくらいだろ。それと彼女もできてないよ。できたらすぐ報告するって言ったろ？」

人の顔さえ見ればそう聞いてくるので、恋人ができたら自己申告するからときっぱり申し渡してあるのだ。

それでも聞いてくるところが、知りたがりの晃らしいと笑ってしまう。

短髪で筋肉質、見るからに体育会系の晃とは、性格もかなり違うのだが、昔からなぜだか妙にウマが合うのだ。

「そうそう、陽にはまだ男女交際は早いぜ。もし仮に彼女ができたとしても、俺のお眼鏡《めがね》に適《かな》う相手じゃないとな」

「なんで晃に許可もらわなきゃいけないんだよ、意味不明なんだけど」

「つまりだな……俺もまだなのに、先を越すのは許さんってことなんだよ！」

と、盛大なオチがついたところで、陽はひとしきり笑った後に本題を切り出す。

「あのさ……折り入って頼みがあるんだ」

「なんだなんだ、言ってみろ。俺にできることなら、なんでもしてやるぞ」

兄貴肌で生来面倒見がよく、好奇心旺盛《おうせい》な晃は、案の定二つ返事でそう言ってくれた。

だが、非常に言い出しにくく、陽はしばらくもじもじした末、思い切って口を開く。

「あの……！　晃の姉ちゃんに、いらなくなった服とか化粧品とか……安く譲ってもらうことって、できないかな？」

一息に言い終えると、室内には奇妙な静寂が訪れた。

実に居たたまれない。

その針のむしろに耐えていると、ようやく晃が焦った様子で言う。

「……ちょっと待て、陽。なんでもすると言ったが、幼馴染みとしておまえがニューハーフ目指すのを見過ごすわけには……」

「ち、違うよ！　そういうんじゃないってば！」

予想通り誤解され、陽は急いで事情を打ち明けた。

晃もリアムに会ったことがあり、一緒に遊んだこともあるので話は早い。

「なぁんだ、そういうことか。脅かすなよ。俺はまたてっきり、女の子として育った過去が陽をそっちの道に進ませたのかと思ったぜ」

「大丈夫だよ、女の子になりたいなんて思ってないから」

陽は苦笑したが、晃は真顔で上から下までじろじろと彼を観察する。

「うん、陽ならどっからどう見ても超美人の大和撫子になれる。俺が保証してやるよ」

「……それ、ぜんぜん嬉しくないんだけど」

「ま、ちょっと待ってろ。今姉貴に相談してやるから」

そう言い置くと、晃が隣にある姉、菜穂《なほ》の部屋へ彼女を呼びに行ってくれた。

ややあってやってきた彼女は、なにが楽しいのからんらんと目を光らせている。

「陽くん、久しぶり♡　ふふふ、なんだか面白そうな話じゃないの」

「こ、こんばんは、菜穂さん」

今年二十四歳で地元の大手デパートで美容部員をしているという彼女は、職業柄メイクがとても上手だ。

「リアムさんって、子供の頃から可愛かったものね。天使みたいな金髪の子がいるって聞いて、近所の女の子と見に行ったの憶えてるわ」

「昔から物見高かったんだな、姉貴」

と、晃がよけいなことを言って姉のゲンコツを食らっている。

「そういや、英国貴族の血筋だもんな。リアム」

「え？　そうなの？」

初耳だった陽は、目を丸くする。

「え？　リアムおまえに話してないのか？」

「うん、聞いたことない」

父親が手広く事業をやっていて、そのうちの一つである大手デパートを任されているという話は聞いていたが、貴族だというのは初めて聞いた。

品行方正で慎《つつ》ましいリアムのことだから、家柄をひけらかすのが嫌で敢《あ》えて話さなかったのかもしれないが。

「でも、なんで晃が知ってるの？」

「い、いや……前におふくろが近所のおばさんと立ち話してんの聞いたんだ。リアムのお母さん、イギリス留学中にあっちでかなり有名な名門貴族の子息に見染められて結婚したらしいけど、結局うまくいかなくて離婚になっちゃったみたいだぜ」

当時五歳だった陽は、なぜリアムが突然日本にやってきて、わずか数カ月で再びイギリスに戻ることになったのかは理解できていなかった。

のちに本人から、両親が離婚協議中に母親に連れられて日本へ里帰りしていたが、結局父親に親権が移ったと聞かされてはいたけれど。

「結局リアムはその名門貴族の跡継ぎとして、イギリスに帰らなきゃいけなかったんだろ」

「……そうだね」

「だとしたら、父親が強引に勧めようとしている縁談も家絡みなのかもしれないわね」

菜穂の言葉に、陽はドキリとした。

確かに、言われてみればその通りだ。

英国貴族のことなどよくわからないが、そういう名門の家柄の人間はそれに釣り合う相手と結婚するのが当然なのかもしれない。

それをまったく無関係の、しかも異国人の自分がしゃしゃり出て行って、本当にいいのだろうか……？

「俺……ほんとに行ってもいいのかな？」

思わず弱気な発言をすると、菜穂がポンとその肩を叩《たた》く。

「悩むことないわ。リアムさん本人が迷惑だって言ってるんだから、陽くんは彼の願いを叶《かな》えてあげればいいのよ」

その言葉に、少し勇気をもらう。

「さ、それじゃさっそく準備するわよ！」

話題を変えるように、菜穂がパンと手を叩き、二人を自室へと入れてくれる。

そして、さっそくドレッサーを漁《あさ》ってずらりと大量の化粧品を並べてくれた。

さすが美容部員だけあって、すごい量だ。

女性用化粧品など、今までほとんど見たことのない陽は、その色のバラエティーの豊富さに目がチカチカしてくる。

「社員割引が効くから、新製品が出るとついつい買っちゃうのはいいけど、色が気に入らなかったり、肌に合わなかったりした化粧品ってけっこうあるのよね。うん、必要最低限のものを一通り揃えて、格安で譲ってあげるわ」

「ほんとに？　ありがとう、菜穂さん」

「洋服とかバッグはさすがにあげられないから、帰ってきたら返してくれればいいわよ」

と、彼女はクローゼットを漁り、サイズ的に陽が着られそうなゆったりとしたワンピースやカットソーにスカート、それに合わせた靴やバッグまで貸してくれた。

「あとは手持ちのポロシャツとかにサブリナパンツとか合わせて、ユニセックスな感じにすればなんとかなるんじゃない？」

「本当にありがとう。なんてお礼を言ったらいいか」

まさかこんなに協力してくれるとは思っていなかったので、陽は感動して礼を言う。

が、菜穂はなぜかにやりと人の悪い笑みを浮かべた。

「ただし！　条件が一つあるわ」

「な、なに……？」

いったいなにを要求されるのかと怯《おび》える陽に、彼女は言った。

「陽くんの振袖姿、必ず写真に撮って見せること。もちろんイケメンのリアムさんと一緒に写ったものもよ。いい？」

「……は、はい」

己の恥が一生残るのかと思うとややブルーな陽だったが、ここまでしてもらっておいて嫌とは言えない。

唯々諾々《いいだくだく》と頷《うなず》くと、菜穂は満足げだ。

「よし、それじゃメイクの特訓よ！」

と、彼女は陽に譲る化粧品に一から順に番号を振ってくれた。

「こうすればわかりやすいでしょ？　とりあえず下地を塗ってみて」

「はい！」

生まれて初めての化粧にやや緊張しながら、陽はまず一番の化粧水をぎこちない手つきで顔に叩き、その上にUVケアやらの下地を塗り重ねていく。

それが完成したら、ようやくファンデーションだ。

しかもその下にコンシーラーとかいう、目の下のクマやほくろを隠すものまで塗りつけていくのだ。

「こんなにいろいろ顔に塗るの？　女の人って大変なんだね」

肌にあれこれ塗られ、皮膚呼吸ができなくて窒息してしまいそうだ。

心の底からそう思ったのでしみじみ言うと、菜穂が噴き出す。

「慣れちゃえば簡単なのよ。美しくなるにはたゆまぬ努力が必要ってことね」

「お祖母ちゃんが化粧するとこ、見たことないのか？」

晃に聞かれ、陽はこっくりする。

「言われてみれば、見たことないかも」

「陽くんとこのお祖母さまは大和撫子だもの。たしなみのある女性は、人にお化粧してるとこなんか見せないものなのよ」

「なるほど」

そういえば、昨今の若い女性が平気で電車の中で化粧をしているのは嘆かわしいことだと言っていたっけ。

古式ゆかしい大和撫子はもう絶滅してしまったのだろうか？

そこから菜穂は、慣れた手つきで眉《まゆ》の描き方やビューラーの使い方、チークの入れ方などを教えてくれた。

一度では到底憶えきれないと思った陽は、持参してきたノートに順番やコツを図解つきですばやくメモした。

菜穂は、伸ばしていた髪もカーラーを使ってゆるふわカールをつけてくれたので、髪型もひときわ甘く女の子っぽいスタイルになった。

このやり方も、すかさずメモする。

「できた♡　完成よ」

「おお、すげぇ！」

と、二人は陽の顔をまじまじと凝視したまま、絶句している。

「お、おかしくない？　見せて！」

不安になって手鏡を要求するが。

「待って。とりあえず、これ着てみて。どんな感じになるか見たいから」

と、菜穂がワンピースを差し出す。

「ええっ⁉　今ここで⁉」

「当たり前でしょ。さっさと着替える！」

「は、はいっ」

鬼軍曹には逆らえず、陽はいったん二人に部屋を出てもらうとおずおずとそのワンピースに袖を通した。

まだ自分の顔を見ていないので、もしかするとかなりホラーな仕上がりなのかもしれないと思うとぞっとする。

やっぱり、十九にもなって女の子になりすますというのが所詮《しょせん》無理だったのかもしれない。

リアムに断っておけばよかった。

そう後悔しながら、陽は着替えを済ませる。

菜穂はおそらく女性としては標準サイズだと思うが、そんな彼女の服がぴったり着られてしまった自分に少々驚いた。

「……で、できました」

刑の執行を待つ死刑囚のような面持ちで、廊下の二人にそう告げると、遠慮なくドアを開け放った晃がまず口笛を吹いた。

菜穂は菜穂で、呆気《あっけ》に取られた様子でぽかんとしている。

「やっぱり……想像以上だ」

「自分でやっといてなんだけど、まさか、ここまでとは……」

そんな二人の呟きに、ますます不安は高まる。

「そ、そんなに化け物みたい……？　覚悟はしてるから、正直に言って！　やっぱリアムには今から断って……」

悲惨な想像をして捲《まく》し立てると、菜穂が慌てて首を横に振った。

「ちがうわ、その逆よ。どこからどう見ても、本物の女の子みたい！」

「……え？」

「ほら、見て」

驚いて硬直している陽に、菜穂は手鏡を突きつけた。

控えめなアイラインにマスカラ、淡いピンクのグロス。

鏡の中に映っているのは、どこから見ても、いまどきの清楚《せいそ》なイメージのナチュラルメイクを施した女の子だった。

「……これが、俺……？」

まるで別人のような仕上がりに、一瞬言葉を失う。

「やっぱ俺の言った通りじゃんか！　これならぜったいバレないって」

「う、うん……」

晃に太鼓判を押されるが、それはそれで微妙な気分になる陽だ。

なにはともあれ、こうして準備万端整った。

それから夏までの一カ月、陽はさらにネットなどで情報を収集し、メイクや着こなしを特訓し、
渡英までの日々を過ごしたのだった。

◇　◇　◇

そして、リアムとの約束の八月頭を迎え、ついに日本を旅立つ日がやってきた。

なにしろ海外旅行は二年前の夏休み、オーストラリアの両親に会いに行った時以来なので、久々の国際線に乗れるだけでわくわくする。

父のお古のスーツケースをもらい、それに振袖や借り物の衣装を詰め込み、陽は成田《なりた》空港から機上の人となった。

成田からイギリスの南ウェールズ、カーディフ国際空港までの直行便がなく、一度アムステルダムで乗り換える予定だ。

出発まで女装の特訓で慌ただしかったので、機内ではようやく持参してきたガイドブックに目を通す暇ができる。

機内で上映されている映画なども、観《み》たかった作品がたくさんあり、なんだか得をした気分だ。

そこそこおいしい機内食を味わい、しっかり爆睡したりしながら過ごしていると、長いと思っていたフライト時間などあっという間だった。

乗り換えもトラブルなく、スムーズに完了する。

そしてついに目的地、カーディフ国際空港へと到着した。

税関を通過し、無事スーツケースを受け取った陽は、久しぶりに大地を踏みしめ、大きく伸びをして固まっていた身体の筋肉を解《ほぐ》す。

初めて降り立った異国の空港は、なんだか日本とは違う匂いがした。

これが異国の香りというものなのかもしれない。

進路に従って進むと、やがて到着ロビーにはさまざまな国の人々の姿が見える。

その中でも、ひときわ長身で目立つ存在の、スーツ姿の男性。

現実に会うのは十三年ぶりだが、すぐにわかった。

なのにリアムはご丁寧にも、両手に『ＷＥＬＣＯＭＥ　ＨＩＮＡＴＡ』と大きく書いた横断幕を掲げていた。

あんなにハンサムで、それだけで人目を引くのに、あんなものを真面目《まじめ》に掲げていればさらに目立つこと請け合いだ。

だが、そんなところも少々天然なところのあるリアムらしかった。

「リアムお兄ちゃん……！」

重いスーツケースを引き、陽は彼の元へと駆け寄った。

「陽！」

リアムもすぐ見つけてくれて、二人は久々の対面を果たした。

「十三年ぶり、だね……会いたかったよ」

「うん……お、私も」

再会に感動するより先に、左右に振り回されるほどの勢いでハグされる。

——うわ……！

ふだん日本ではこうした習慣がないので、ただの挨拶だとわかっていてもドキドキしてしまう。

スーツ姿のリアムからは落ち着いた柑橘《かんきつ》系のフレグランスが漂っていて、その力強い腕に抱きしめられるとなんだか落ち着いた。

が、あまり接触すると男だとバレてしまう。

なるべく胸が当たらないように細心の注意を払い、腕でガードしながら陽はそそくさとリアムから離れた。

すると。

「ほら、もっとよく顔を見せて」

今度は両手で頬を包み込まれ、正面からじっと見つめられてしまう。

紺碧の海を思わせる、アクアブルーの瞳に見据えられ、陽の鼓動はさらに高鳴った。

パソコンの画面越しには何度も見ている美貌だが、実物の威力は想像以上だ。

目近で見れば見るほど、神が作りたもうた造形の美を集結させた、という表現がぴったりだった。

「やだ……恥ずかしいから」

それも本音だが、化粧の奥の素顔がバレてしまうのではないかと気が気ではなくて、うつむいてしまう。

「ああ、嬉しくてつい。こういうのもセクハラになっちゃうかな」

「そんなこと……ないけど」

リアムに謝らせてしまって、陽は逆に申し訳ない気分になってしまった。

「エコノミーで来たの？　ビジネスにしろって言ったのに」

「いいよ、そんな高い席。充分快適だったよ」

ビジネスクラスで来るようにとリアムには言われていたのだが、人に費用を出してもらうのにそんな贅沢《ぜいたく》ができる性格ではなく、陽はそう言い張った。

とにかく空港の駐車場に車が停《と》めてあるから、とリアムがスーツケースを持ってくれて、二人は空港の外へ出た。

「本当に、子供の頃から変わってないね、陽。こんなに可愛いのに、どこか男の子っぽい。そこがまた不思議な魅力なんだけど」

まさに図星を指された気分で、内心ぎくりとする。

「な、なに言ってんだか。褒めたってなんにも出ないからね」

照れ隠しを装い、必死にごまかす。

だが、もしかしたらリアムは初めて会った頃からそう思っていたのだろうかと考えると、少し気になる。

「……子供の頃から、私のこと男の子っぽいって思ってたの？」

「というより、日本にも妖精がいるんだって思ったよ。子供の頃の陽は、本当に日本人形が生きて歩いていると思うくらいに愛らしかった。もちろん、今でも可愛いけどね」

てらいもなく言い放つ彼を、陽は耳まで紅《あか》くして見上げる。

「……リアムお兄ちゃん、ぜったいモテるでしょ？」

「なぜ？」

「臆面もなくそんな殺し文句を女の人に言えるのに、モテないわけないもん」

「誤解だよ。僕はこれでもシャイなんだから」

と、リアムはさらりと言い放つ。

空港の駐車場に停めてあったのは、黒塗りのベントレー・コンチネンタルＧＴＣだ。

詳しくは知らないが、確かハリウッドスターなども乗っているという、二千万円近くする高級車のはずだ。

「こ、これリアムお兄ちゃんの車……？」

「そうだよ」

こともなげに言って、リアムはトランクに陽のスーツケースを詰み込んだ。

――すごい……うちの近所の中古マンション買えちゃうよ！

骨の髄まで一般庶民の陽は、のっけから度肝を抜かれてしまう。

リアムが恭《うやうや》しく助手席のドアを開けてくれる所作は、流れるように滑らかで、女性をエスコートし慣れているのがよくわかるほど様になっている。

なにせこんな高級車に乗ったことがないので、乗り込んでからもシートベルトのつけ方がよくわからずもたついていると。

「貸して」

運転席から身を乗り出し、リアムがやってくれた。

「あ、ありがと」

狭い車内で、思いがけず彼の端整な美貌が目近に迫ってきて。

そばで見ると、思っていたより睫毛《まつげ》が長いんだなとか、睫毛も金髪なんだな、とかいろいろ気になって、陽はさらにどぎまぎしてしまう。

「……やっぱ、ちょっと緊張しちゃうかも」

「なぜ？」

「だって……」

一緒に遊んだ当時はリアムもまだ少年だったし、いくらスカイプでやりとりしてきたといっても、現実に成長した大人の男性になった彼に会うのは初めてなのだ。

「……リアムお兄ちゃん、大人になってるし」

「陽だって、すごく綺麗なレディになったよ」

運転席から、改めてじっと見つめられ、その距離の近さに心臓の鼓動が高鳴る。

「リアムお兄ちゃん……」

「僕はあの頃と、なにも変わってないよ。本当に」

その言葉に、少し気分が落ち着いた。

「……うん」

リアムの軽快なハンドル捌《さば》きで、車は走り出す。

「少し長いドライブになるけど、疲れたら休憩するから言ってね」

「うん、ありがと」

その言葉通り、別荘はかなり郊外にあるらしく、繁華街を抜けると次第に車窓の景色はのどかな田園風景が拡《ひろ》がっていく。

「いろいろ考えたんだけど、一週間後に予定されている父のバースデーパーティ当日にいきなり紹介しようかと思っているんだ。その日にはイザベラも来るし、インパクトがあるだろう？」

イザベラというのが、リアムの父親が大変気に入っていてリアムとの婚約話を進めようとしている女性だ。

「だからそれまでは、僕と一緒にウェールズの別邸でバカンスを楽しもう。美しい自然に囲まれた、素敵なところなんだ。きっと陽も気に入るよ」

「……うん。すごく楽しみ」

一応笑顔を作ったものの、内心陽は複雑だった。

頭の中に、一瞬晃の言葉がよぎったからだ。

そのイザベラという女性は、きっとリアムの家と釣り合いの取れる名門の出身なのだろう。

そんな女性相手に、自分が太刀打ちできるとは到底思えなかった。

そんな陽の迷いをよそに、リアムの運転する車は快調に速度を上げ、目的地へと向かう。

少し長めのドライブの後、車中からリアムが指差したのは……。

「着いたよ。あれだ」

高台の丘に聳《そび》え立つ、それはみごとな城だった。

とはいえ、ドイツのノイシェヴァンシュタイン城のように、西洋のお伽話《とぎばなし》に登場するような華麗なものではない。

一言で表現するならば、それは城と評するよりは要塞《ようさい》と言った方が正確だろう。

巨大なツインタワーのゲートハウスに、跳ね橋。

城の周囲を囲むように聳え立つ四隅の円塔は二重の幕壁に囲まれ、外郭と内郭を為《な》している。

戦争時には理想的な要塞だったであろう巨大建造物を見上げ、陽は言葉を失う。

「別邸って……お城なの⁉」

「あれ、言ってなかったかい？」

と、リアムはこともなげに続ける。

「約十六世紀当時に建築されたものらしいよ。昔の城は見かけは立派だけど、実際住むにはかなり不便だし手間も維持費もかかるものなんだよ。夏のバカンスには最適だけど、冬は死ぬほど寒いしね。うちの家族もたまにしか来ないから、ふだんは城の一部を観光客に一般公開してその入場料を維持管理費に充《あ》てているんだ」

「へぇ……」

そうは言われても、現実の城をリアルに見るのも初めての陽は、その重厚な外観を見上げるだけで圧倒されてしまう。

数百年も経っていまだに住居として住めるというのも驚きだが、城が個人所有だというのにもびっくりだ。

いったいリアムの家は、いくつあるのだろう？

車中で聞いた話によれば、両親と異父弟はロンドンにあるマナーハウスで暮らしているが、リアムは家族とは別に仕事先である百貨店の近くのアパートメントで一人暮らしをしているらしい。

城の正門を潜り、延々と続くレトロな石畳の坂道を車で上っていくと、ようやく城前の広場に出る。

すると、目の前には要塞型の城には不似合いともいえる見事な英国式庭園が拡がっていて、二人を出迎えてくれた。

「わぁ、すごい綺麗！」

綺麗に手入れをされ、幾何学模様に刈り込まれたトピアリー。

その中央には純白の天使像を模した噴水があり、爽《さわ》やかな水音を立てている。

薔薇《ばら》園が広がり、美しいローズピンクの薔薇が満開に咲き誇っていて、辺り一面にそのかぐわしい香りを漂わせていた。

「気に入った？」

「うん、すごく！　後で散歩したいな」

「よし、まずは皆に紹介するよ」

言いながら、階段前に差しかかるとリアムがつと右手を伸ばしてくる。

こんなお城で、まるで王子さまみたいなリアムにエスコートしてもらうなんて、女の子だったら一度は夢に見る光景だろう。

くすぐったい気がしたが、今の自分は女の子なんだから、と自分に言い聞かせて、はにかみながら彼に左手を預けた。

彼の大きな手は温かく、なんだか守られている気がしてほっとした。

急な石畳の階段を上り終えると、ようやく城の玄関に辿《たど》り着く。

中へ入ると驚くほど天井が高く、そして玄関ホールだけで陽の家がすっぽり入ってしまうのではないかと思うほど広い。

確かにこの天井の高さと空間の広さでは、夏は涼しいだろうが冬は暖房費が嵩《かさ》みそうだ。

「坊っちゃま、お帰りなさいませ」

二人が城内に入ると、初老の男性と女性がやってきて出迎えてくれた。

男性は白髪に白髭《しらひげ》をたくわえた好々爺《こうこうや》といった雰囲気で、女性もふっくらとして笑顔の可愛い、感じのよい二人だ。

「ふだんこの城の管理をしてくれている、マリーとスチュワートだよ。二人は夫婦なんだ」

「初めまして、陽です。よろしくお願いします」

陽の英語力は、恥ずかしながら日常会話がやっとという程度だ。

それでも何度も練習してきた、たどたどしい英語で挨拶すると、二人は優しく微笑んでくれた。

「初めまして、お会いできて嬉しいですわ。ご用事がありましたら、なんなりとお申しつけくださいね」

マリーが、陽のためにゆっくりと話してくれるので聞き取ることができた。

「はい、ありがとうございます」

「まずは城の中を案内するよ」

スーツケースをスチュワートに預け、リアムは陽を連れて歩き出す。

アンティークと近代美術の粋がみごとに融合したその装飾には、思わずため息を誘われるほどだ。

堅牢な石造りの城内は、夏なのにひんやりとした冷気が漂っていてそれが肌に心地いい。

接見の間と呼ばれているらしいステート・ルームの壁には、それぞれ先祖の武勇を精巧に描いたタペストリーが飾られている。

パーティなどで使用されているという大ホールの天井には、それはみごとな天井絵画が描かれていた。

広々とした応接間に、小さな図書館並みの蔵書が揃っている図書室。

移動途中に歩いた、数々の名画が飾られたロングギャラリーは、まるで美術館の一部のようだ。

食堂や厨房《ちゅうぼう》、浴室、寝室と生活に必要な部屋はもちろんだが、なんと煙草《たばこ》を吸うためのシガールームやビリヤードルームまである。

本物の城の内部に入るのはもちろん初めての陽は、もうすべてのものに興味津々で、あちこち見せてもらったが、一度では回りきれないほどの広さだ。

とりあえず、残りはおいおいにということにして、リアムは最後に城の展望台へと連れて行ってくれた。

展望台からは周囲の森が一望できて、まさに絶景の眺めだった。

「戦争の時は、城に立て籠《こも》って、この小さな窓から弓矢を射ったんだよ」

と、リアムが城壁のあちこちに開けられている窓を指して説明してくれる。

「すごい……何百年も前から建ってる建物に今いるなんて、なんだか信じられない気分」

「十六世紀に建築されてからずっと、我が国の戦乱の歴史もこの高台の丘から眺めてきたんだろうね」

心地よい風に吹かれながら、リアムと眺める景色はまた格別だった。

一通り案内してくれた後、リアムは陽のゲストルームへ連れて行ってくれた。

「ここが陽の部屋だよ」

室内はかなり広かったが、カーテンやベッドカバー、壁紙までピンクで統一され、家具もすべて女性が好みそうなアンティークばかりだ。

極めつけは天蓋《てんがい》付き寝台で、こちらも高級そうなレースとピンクの布地がふんだんに使用されていて、まるでお姫さまのベッドのようだった。

一般的な客間というには少女趣味すぎたので、陽はおそるおそる質問してみる。

「……もしかして、私用に準備してくれたとか?」

「せっかくだから、うんとロマンティックにしようかと思って。外してたかな?」

「ううん、そんなことない。天蓋付きのベッドなんて初めて見たよ。お姫さまみたいだね」

女の子ならこういう反応をするんじゃないかな、と考えてそう感想を述べてみる。

「喜んでくれてよかった。僕の部屋はここの廊下の突き当たりを曲がった、左奥だから」

と、リアムはメモに自分の部屋と、今日行った場所も含めて簡単な地図を描いてくれる。でないと城内は広すぎて、方向音痴の陽は確実に迷子になると思ったのだろう。

幸い、このゲストルームにはちゃんと近代的なバストイレが完備されているので、人に裸を見られると困る陽にとってはありがたかった。

部屋には、すでに陽のスーツケースも運び込まれていた。

「そうだ。実は、とっておきのお土産があるんだ！」

と、陽は張り切ってスーツケースを開け、中からビニール袋を取り出す。

中身は白米と海苔《のり》、それに梅干しだった。

「もしかして、オニギリ？」

「正解！」

日本にいた当時、祖母が握ってくれたおにぎりを縁側で二人並んでよく食べたものだ。

リアムは和食好きでなんでも食べたが、特におにぎりが好きだったのだ。

「憶えていてくれたんだね、僕の好物」

「こっちでは食べてないんじゃないかと思って。お祖母ちゃんが持っていきなさいって用意してくれたんだ」

「嬉しいよ、ありがとう」

と、リアムがとろけそうな笑顔になるのを見て嬉しくて、陽もにこにこした。

「いきなりで失礼だけど、厨房借りていい？」

「もちろん」

話がまとまり、二人でマホガニー材でできているという珍しいらせん階段で階下に下りていく。

さきほど簡単にリアムに案内された厨房は予想外に近代的で、オーブンレンジや食洗機まで最新家電調理機が完備されていた。

この設備なら、なんでも作れそうだ。

「あ、でも炊飯器はないんだが」

「大丈夫、鍋でも炊けるから」

さすがに日本から炊飯ジャーを持ってくるわけにもいかなかったので、陽は祖母から鍋での米の炊き方を習ってきたのだ。

リアムから蓋《ふた》付きの鍋を借り、まずは計量カップで量った米を綺麗に研ぐ。

それから規定の容量の水を加え、沸騰するまで強火で炊いた。

沸騰後は、十五分程度できるだけ弱火にして、十分くらい蒸らせば出来上がりだ。

「炊飯器使うより、鍋で炊いた方がおいしいんだって。お祖母ちゃんが言ってた」

「ああ、懐かしいな。お米の炊けるいい香りだ」

しゃもじがないので、炊き上がった米を大ぶりのスプーンで返しをすると大量の湯気が出て、リアムが久々の米の匂いを堪能《たんのう》していた。

「あちち……」

炊きたてアツアツのご飯は当然かなり熱いが、おにぎりは炊きたてを握るのが一番おいしいのだ。

一応練習はしてきたが、普段やり慣れていないので祖母のように綺麗な三角形には握れずやや歪《いびつ》だ。

「形が不恰好でごめんね」

「そんなことはないよ。とてもおいしそうだ」

リアムの分は、とびきり大きく握って、梅干しも二個入れた。

海苔もガスコンロで炙《あぶ》って、パリパリにして握る。

リアムは傍らで、その様子を嬉しそうに見守っている。

「できた……!」

炊いた米をすべておにぎりにしたので、十個出来上がった。

両手に水をつけて握ったつもりでも、慣れていない陽の両手はあちこちに米粒がくっついている。

「えへへ、こんなについちゃった」

照れ笑いしながら、いつものようにそれを啄《ついば》もうと口元へ持っていくと。

なにを思ったのか、リアムがそれを阻止し、陽の両手を摑《つか》んで自分の方へ引き寄せた。

「『もったいない』からね」

祖母の口癖を引き合いに出し、リアムはさらに一粒一粒唇で啄んでいく。

彼の唇が触れる度、心臓の鼓動が跳ね上がる。

「じ、自分でやるからいいよ」

「いいから、じっとして」

こんな風にされると、なんだかリアムに手にキスをされまくっているような感じで、妙にドキドキしてしまう。

「お米一粒には、七人の神さまが住んでいるんだろう？」

「あ、それもうちのお祖母ちゃんの決まり文句！」

子供の頃、さんざん聞かされたのが懐かしく、二人で盛り上がる。

「正確には、神さまは一人ではなくて一柱《ひとはしら》と数えるから、七柱なんだけどね」

「へぇ、そうなの？」

神さまに数え方があるなんて、知らなかった。

日本に生まれ住んでいる自分でも知らないのに、リアムって物知りなんだなぁ、と感心してしまう。

とにかく、このぎこちない雰囲気が緩和できたし、話題が逸《そ》れて助かったと陽は胸を撫《な》で下ろした。

たくさん作ったので、マリーとスチュワートにもお裾《すそ》分けすると二人はとても喜んでくれた。

これまた持参してきた日本茶を淹《い》れ、陽とリアムは薔薇園が見渡せるテラスでいただくことにする。

「おいしいなぁ。陽のおかげで、思いがけず懐かしい味に再会できたよ」

不恰好なのに、リアムがおいしそうに自分が握ったおにぎりを食べてくれるのが嬉しくて、陽もにっこりする。

「お……私も、リアムお兄ちゃんと一緒にご飯食べられるの、嬉しいな。やっと会えたって気がする」

なにげなくそう言うと、なぜかリアムがじっとこちらを見つめてきたので、陽は首を傾げる。

「どうしたの？」

「……いや、このバカンス、陽となにをして過ごそうかと思って」

「リアムお兄ちゃんは、二週間も仕事休んで大丈夫なの？」

「こちらでは、夏のバカンスはもっと長いくらいだよ。僕も多少持ち帰った仕事はあるけど、陽とゆっくりしたくて必死に片付けてきたから。二人でのんびりしよう」

「うん！」

「といっても、スケジュールはいっぱいだよ？　いろいろ企画しておいたからね。うちの敷地には牧場があるから、馬にも乗れるし羊を見に行ったり、あとは湖でボート遊びをしたり。そうだ、森でピクニックもいいね」

さらりと言われ、陽は仰天した。

「えっ⁉　この敷地内に牧場や湖や森があるの⁉」

「そうだよ。この辺り、約三千エーカーがうちの所有地だ。陽、フルーツは好き？」

「う、うん」

「よし、なら果樹園でフルーツ狩りもしよう。今の時期はイチゴがおいしいんだよ。イチゴにブルーベリーとラスベリーが入った、マリーの作るサマープディングは絶品なんだ」

「そうなんだ。すごい楽しみ」

あれこれと楽しそうにプランを練っているリアムを、陽は内心複雑な思いで見つめる。

――やっぱりリアムって、すごいお金持ちの家の人なんだなぁ……。

英国貴族だと知った時から、きっと裕福なのだろうとは思っていたが、まさかここまでとは思わなかった。

三千エーカーと言われてもピンとこないが、敷地内に牧場や湖、森に果樹園があると聞いただけで途方もない広さなんだろうと想像はつく。

しかも、ここは別荘で、本宅は別にあるというのだから。

なんだか彼が、少しだけ遠い世界の人間に思えてしまう。

――でも、リアムお兄ちゃんはリアムお兄ちゃんなんだから……。

金持ちでもそうでなくても、リアムは子供の頃と変わらず、とても優しい。

「それと、恋人のレッスンもしておかないとね」

「恋人の……レッスン？」

リアムの言葉に、陽は首を傾げる。

「そう。僕たちは『恋人』なんだから、両親の前でそれらしく振る舞わないと」

「そ、そっか」

言われるまで、あまりそのことを意識していなかった陽は、なんだか急にどぎまぎしてしまった。

「陽には、ボーイフレンドはいる？」

「い、いないよ、そんなの」

男なのだから、いるはずがないのだが、それは説明できないのでかたくなに否定するしかない。

「だから……そういうのよくわかんないから、どうすればいい……？」

「まずは僕のことを、恋人らしくリアムって呼び捨てにしてごらん。大好きな人の名前を呼ぶみたいに、愛情込めて呼んでくれると嬉しいな」

「わ、わかった」

なんだか、妙に気恥ずかしいけれど。

一つ深呼吸し、陽は思い切って口を開いた。

「リアム……」

「僕の名を呼ぶ時は、僕の目を見て」

「……こ、こう？」

言われた通り、上目遣いでリアムを見上げる。

なにせ身長差がかなりあるので、どうしても彼の目を見るにはこころもち顎《あご》を上げないとならないのだ。

目線が合うと、リアムの視線が強すぎて。

「……なんか、恥ずかしいよ」

こんな風に見られる経験がない陽は、恥ずかしさについうつむいてしまう。

「これくらいで恥ずかしいの？　陽は可愛いな」

「もう！　また子供扱いした！」

「してないよ、ごめんごめん」

怒った？　と横から顔を覗き込まれて、ますますドキドキしながら首を横に振る。

謝りながらも、リアムはなんだか妙に嬉しそうだ。

それを見ると、久しぶりに会ったリアムに甘えたい気持ちがあったが、そうしたらまた子供っぽいと思われてしまうかなと我慢した。

「このバカンス中は、予行練習として僕のことを本当の恋人だと思って接してくれる？　陽の嫌なことはしないと約束するから」

「うん、わかった」

リアムが、自分の嫌がることなどするはずがないと信じていたので、陽はあっさりと頷いた。

自分に対して、まったく警戒心を持っていない陽の対応に、リアムが一瞬複雑そうな表情を見せるが、彼はすぐそれを笑顔の下に押し隠した。


マリーが作ってくれた、ローストチキンがメインの豪華な夕食は、とてもおいしくて。

イギリスは食べ物がまずいなどと言われているが、あれは嘘《うそ》だったんだなと陽は思った。

おなかいっぱいになるまでご馳走《ちそう》を詰め込んだ後は、リアムが部屋まで送ってくれる。

「なにか欲しいものや用事があったら、マリーが来てくれるから遠慮なく連絡して」

と、リアムは部屋にあった内線電話のかけ方も教えてくれる。

同じ屋敷内にいても、内線電話で呼ばなければいけないほど広いなんて、声が筒抜けの日本家屋で育った陽には驚きの連続だった。

「ゆっくりお休み」

「うん、ありがと」

リアムが退室し、ようやく一人になった陽は大きく伸びをし、すぐさまブラウスとスカートをかなぐり捨てた。

窮屈なストッキングとパンプスも脱ぎ捨てて、ベッドに大の字になる。

「はぁ……」

慣れない女装に肩が凝って、脱ぎたくてたまらなかったのでようやくすっきりする。

こんなものを毎日つけなければいけない女性は大変だなぁ、と心から同情した。

――ほんとに来ちゃったんだなぁ、イギリスに。

時差ボケと長旅の疲れもあって、かなり眠い。

明日からの異国の地でのバカンスに胸をときめかせながら、陽は眠りについた。

◇　◇　◇

滞在二日目の朝は、爽やかな晴天だった。

持参してきた目覚ましを鳴らす前にすっきりと目が覚めて、陽はベッドから跳ね起き、部屋の窓を開けた。

庭園が近いせいか、新緑のいい匂いがして胸いっぱいに吸い込む。

ぐっすり眠れたおかげで、時差ボケと長旅の疲れからは解放されたようだ。

リアムから内線電話があり、二人で待ち合わせてダイニングへと向かう。

「おはよう。よく眠れた？」

「うん。ベッドもふかふかで、すごく寝心地よかった」

にっこりして、陽は給仕をしてくれているマリー夫婦にも元気よくおはようございます、と挨拶した。

朝食メニューは搾りたてのフレッシュなオレンジジュースと、スクランブルエッグにおいしそうな焦げ目のついた特大ソーセージ。

それにたっぷりとバターと蜂蜜を塗ったパンケーキだ。

「こちらのジュースも卵も、ソーセージのお肉も、すべて敷地内の牧場で獲れたものなんですよ」

マリーがそう解説してくれる。

自宅の敷地で獲れた旬の食材を食べられるなんて、なんてしあわせな生活なんだろうと羨《うらや》ましくなる。

「さぁ、たくさん召し上がってくださいね」

「はい、いただきます！」

新鮮な素材を使っているせいか、なにを食べてもおいしくて。

ついつい食べすぎてしまう。

この分では日本に帰る頃には、太ってしまいそうだ。

「今日はなにをしようか？　森へでも行ってみる？」

「うん、行きたい！」

歩きやすい恰好がいいよと教えられ、一度着替えに部屋へ戻る。

シャツにサブリナパンツ、それにスニーカーという軽装に着替え、玄関を出るとリアムがオープンタイプの四輪駆動自動車を横付けしたので驚いた。

「えっ⁉　車で行くの？」

「歩いたら、何日かかるかわからないよ?」

「……だよね」

なにしろ三千エーカーだ。

後で聞いたところによると、三千エーカーとは東京ドーム約二百六十個分の土地に相当するらしい!

とはいえ、あまりに途方もなくて、まだ陽にはその広大さが実感できていなかった。

「マリーがバスケットにランチを詰めておいてくれたよ」

言いながら、リアムが後部座席にバスケットを積み込んでいる。

「わぁ、ほんと?　楽しみ!」

わくわくしながら、リアムが運転する車に乗り込み、出発した。

「陽、免許は?」

「ううん、まだ取ってない」

「ここは私有地だから、運転しても大丈夫だよ」

「じ、自信ないから遠慮しとく……」

いくら広いとはいえ、木にでも追突したら大変だ、と慌てて辞退した。

リアムの軽快な運転でかなり走って、ようやく目的の森に到着する。

「わぁ……」

それはまるで、西洋のお伽話に登場する、原始の森そのもので。

今にも木陰から妖精が顔を覗かせそうだ。

リアムがバスケットを下げ、二人は車を置いて森の中へと入っていく。

「すごく静かだね」

狭い日本に住み、街の雑踏に慣れている陽にとって、耳鳴りが聞こえてくるほどの大自然の静寂は新鮮だった。

「それにすごく広い……」

「昔はこの森で狐《きつね》狩りなんかもよくしてたらしい。僕は狩りは好きじゃないから、しないけど」

「そうなんだ」

「ゲームで生き物を殺すのは不道徳だからね」

昔は狩りは貴族のスポーツだと言われていたから、そういう時代もあったのだろう。

日本で生活していると触れることのない文化の違いが、いちいち新鮮に感じる。

そして、そういう生真面目なところがリアムらしくて、やっぱり彼は昔と変わっていないいんだなとわかって嬉しくなった。

「僕らも、あまり奥までは入らないようにしてるんだよ。下手《へた》をすると遭難するからね」

「そ、遭難!?」

つまりは遭難してもおかしくないほど広いということなのだろう。

一人では決して森に入るまい、と心に誓う陽だ。

二人はしばし、森の中の散策を楽しむ。

青々と茂るクローバーや野生のハーブなどがあちこちに群生している。

「緑のいい匂い……」

陽は深呼吸し、日本ではなかなか嗅《か》ぐことのできない、生命力溢れる植物の匂いを胸いっぱいに吸い込んだ。

なだらかな傾斜を上っていく途中に、小さな小川に差しかかる。

「この川は、湖に流れているんだよ」

「へぇ……」

その小川沿いにはオリーブやポプラの古木が生えていて、その木陰は夏とは思えないほど涼しい風が吹き抜けていく。

日本の高温多湿で不快指数の高い夏とは大違いだな、と陽は思った。

頭上を見上げれば、木々の間から眩しいほどの木漏れ日が差し、小鳥たちの囀《さえず》りが聞こえてくる。

「こんな素敵な場所に二人だけなんて、ものすごく贅沢」

「そうだね」

しばらく歩くと、今度はちらほらと野生の小動物たちの姿が見え始めた。

「あ、リスだ！」

大木の枝の上をすばしっこく走っていく姿に、陽が声を上げる。

「確か鎌倉でもときどきリスを見かけたね」

「うん、でも種類が違うみたい。なんて種類なのかな」

頭上のリスに気を取られ、歩いていると。

「あっ……」

大木の根に足を取られ、バランスを崩してしまう。

危うく倒れるところを、隣を歩いていたリアムがすかさず腕で抱き留めてくれた。

「舗装せずに自然のままだから、足元に気をつけて」

「う、うん、ありがと」

転倒せずに済んだのはほっとしたが、力強いリアムの腕に触れてドキっとする。

なんとか平静を装って歩き出すが。

「いや、やっぱり気をつけなくていいから、手を繫《つな》ごう」

と、リアムが右手を差し出してくる。

「なにしろ僕たちは恋人同士なんだからね」

「そ、そっか……だよね」

そうだった。

リアムと、恋人同士の予行練習をしなければいけなかったのだっけ。

それを思い出し、陽はおずおずと手を差し出す。

リアムの、温かくて大きな手に優しく包み込まれ、わけもなく胸の鼓動が速くなる。

手を繋いだくらいでこんなにドキドキしてしまうなんて、おかしいなと陽は首を傾げた。

そういえば子供時代はいざ知らず、誰かと手を繋いで歩くのは初めてだ。

だがリアムと並んで歩くのは、十数年のブランクがあるとは思えないほど自然だった。

「本当は、陽に再会する前はドキドキしてた」

歩きながら、リアムが言う。

「どうして?」

「スカイプやメールでやりとりはしていたから、大体はわかっていたはずだけど、それでも実際に会っていたわけじゃないから、もし陽が昔と変わってしまっていたらどうしようって思ってたんだ。でも、陽は子供の頃のままで、本当によかった」

「ふふ、五歳から成長してないっていうのも困るけど」

「陽には、ずっと陽らしくいてほしいよ」

そう言ってもらえるのがなんだか嬉しくて、陽はにっこりする。

小川沿いに進んでいけばやがて湖に出るというので、小高い丘を越えてひたすら歩く。

初めは少し緊張したが、だんだんとリアムと手を繋いでいる状況に慣れてきてリラックスできるようになってきた。

散策というには少々きつくなってきた頃、ようやく鬱蒼《うっそう》とした木々の間から視界が開け、見通しのよい高台へ出る。

「ここからの眺めが素晴らしいんだ。この景色を陽に見せたくて」

「わぁ……！」

眼下には、見渡す限り果てが見えないほど巨大な湖が広がり、晴天の陽光を受けてきらきらと光り輝いている。

周囲の鮮やかな緑との対比が美しく、その眺めはまさに絶景だった。

「すごく綺麗……連れてきてくれて、ありがと」

心からお礼を言うと、リアムも嬉しそうに破顔する。

「ここでランチにしようか。一休みしたら、湖でボート遊びをしよう」

「ほんと？　すっごい楽しみ！」

と話はまとまり、リアムが地面の上にピクニックシートを敷いてくれる。

その上で持参してきたサンドイッチのランチを広げ、舌鼓を打った。

「はぁ、おなかいっぱい」

マリーの料理はおいしすぎて、つい食べすぎてしまう。

「なんだか眠くなってきちゃった」

「寝ていいよ。僕ものんびりしてるから」

「……ん、でもボート遊び……」

やりたいことが多すぎて昼寝をする時間なんてないと思ったが、やはり午前中いっぱいはしゃいで歩き疲れたのか、瞼《まぶた》は自然に重くなっていく。

うとうとと船を漕《こ》いでいると、いつのまにかシートの上に横たえられていた。

どれくらい時間が経ったのだろう……？

木漏れ日が眩しくてふと瞼を開くと、隣で優しく自分を見下ろしているリアムと目が合った。

「……なに見てたの？」

「陽の寝顔。子供みたいですごく可愛かった」

「やだっ、恥ずかしい……起こしてくれればよかったのに」

眠る気はなかったのに、うっかり寝てしまったようだ。

身体の上には、彼のシャツがかけられていて、そのためかリアムは黒のランニングシャツ一枚になっていた。

見ると思いのほかがっしりとした腕の筋肉がついていて、彼が着痩《きや》せする性質なのだとわかり、なんとなくどぎまぎしてしまう。

「ごめんね、シャツありがと」

慌てて起き上がりながらシャツを返すと、リアムの表情がなぜか苦しげに歪《ゆが》んだ。

「どうしたの？」

「……いや、なんでもないよ」

口ではそう言いながらも、彼はひどく苦しそうだ。

「リアム？」

なんだか心配で、そっとその腕に手を触れる。

すると。

「……ごめん」

ぶっきらぼうに一言呟くと、リアムがふいに腕を伸ばし、陽の手を握り締めてきた。

「リアム……？」

「本当は恋人の予行練習で、離れていた時間を埋められるくらいにもっと打ち解けてから告白するつもりだったんだけど、陽があんまり僕を警戒しないから、男として見られてないのかなって悔しくなって」

わずかに眉を顰《ひそ》めた、切なげな表情に、胸がきゅんと締めつけられる。

「どうして、きみはそう無防備なんだ。ほかの男の前でもそんな風なの？」

それは、あきらかに嫉妬《しっと》と独占欲を滲《にじ》ませた詰問《きつもん》。

どうしていいかわからず、陽は返事ができなかった。

——そっか……ふつう女の人は『デート中』にうたた寝したりしないよね。

そんな無警戒な姿を見せれば、なにをされてもかまわないという挑発に受け取られてもしかたがない。

そこまで考えていなかった陽は、自分の軽率な振る舞いを激しく後悔した。

「ごめんなさい……私……なんだか子供の頃のままの気分でいて……」

しゅんとして謝ると、ふいにリアムの腕に抱きしめられていた。

――え……？

一瞬なにが起きたのか理解できず、されるがままの陽の耳元で、リアムが囁く。

「あの時の約束、憶えてる……？」

その言葉に、どくんと鼓動が高鳴る。

忘れるはずがない。

『リアムおにいちゃんのおよめさんになる』

だが、幼児との他愛のない約束を、まさかリアムも憶えてくれていたとは思わなかった。

「え、えっとその……っ」

混乱し、急いで立ち上がり、彼の腕の中から逃れる。

そして、おずおずと問い返した。

「リアムも……憶えてるの？」

「忘れるわけがない。僕が人生で一番苦しくてつらかった時、そばにいてくれたのは陽、きみだった。きみは僕にとって、誰よりも特別な存在なんだ」

陽の瞳を見つめたまま、リアムはその場に片膝をつき、恭しく頭《こうべ》を垂れる。

「十三年ぶりに会ったきみは、ますます綺麗で魅力的な女性に成長していて、改めて恋に落ちたよ。陽、お願いだから……お芝居の恋人じゃなくて、どうか本当に僕のことを好きになって」

情熱的に訴え、リアムは陽の右手を取り、愛《いと》おしげにその甲に口付けた。

まるで騎士が、姫君に求愛するような優雅さだった。

おかげで心拍数は急上昇。

男の自分をここまでドキドキさせるのだから、リアムのフェロモン値は相当なものだ。

「い、いきなりそんなこと言われても……っ」

あまりに突然すぎる展開に、陽の混乱は頂点に達する。

「突然すぎるよ、今までぜんぜんそんなそぶり見せなかったくせに……」

「当たり前だよ、再会する前にそんなことしたら、陽はイギリスまで来てくれなくなるからね。そうだろう?」

と、リアムはしれっと言い放つ。

確かに、こんなに色っぽい眼差しとフェロモン全開で迫られるとわかっていたら、恋人役を引き受けるのは躊躇《ちゆうちよ》していたかもしれない。

どうやらまんまと、リアムの策中にハマってしまったようだ。

「リ、リアム……っ」

「安心して。陽の嫌がることはしないって言っただろう？　ゆっくり時間をかけて今の僕を知ってから好きになってくれたら嬉しいよ。返事はそれからでいいから。ね？」

「う、うん……」

勢いに圧《お》されて頷いてはみたものの。

羊が被《かぶ》っていた皮を脱ぎ捨て、突然狼《おおかみ》に変身してしまったような気がして、まだ現実に頭がついていかない。

それからはリアムも今まで通りに振る舞ってくれたので、予定通り二人で湖のボート遊びを楽しんだ。

だが、陽の心中は複雑だ。

——どうしよう……リアムがあんなこと言うなんて思わなかった。

だって、リアムはずっと兄のような存在だったから。

けれど男であることを言い出せないまま交流を持ち続けてきたのだから、リアムにとっては自分はれっきとした女の子なわけで。

リアムが、そういう気持ちを抱いていたことに気づかなかった自分が悪いのだと思った。

いっそ本当のことを打ち明けてしまおうか。

そんな考えが頭をよぎるが、今さら言い出せるはずもない。

城に戻った後、部屋に閉じ籠った陽は、一人途方に暮れた。

翌日は、どんな顔をしてリアムに会えばいいかわからず、朝食の時間ぎりぎりまで部屋でぐずぐずしていた。

朝食も、なるべく目を合わさないようにそそくさと終え、部屋に引き籠ろうとするが。

「陽、今日は乗馬をしよう」

リアムに呼び止められてしまう。

「……うん」

いっそ一人でいたいと主張しようかとも思ったが、自分と過ごすためにせっかく休暇を合わせてくれたリアムの気持ちを思うとそれもできなかった。

やむなくリアムの車の助手席に乗せられ、敷地内にあるという牧場へと連れて行かれる。

着いた先は、青々とした芝生が一面に広がる牧草地帯で、あちこちで牛や羊たちがのんびりと草を食《は》んでいた。

「わぁ……」

実にのどかな光景に、心が和《なご》む。

「陽、おいで」

リアムに呼ばれるが、陽はその誘いには乗らず、一定の距離を置く。

「どうしてそんなに遠くにいるの？」

「……」

返事をしないでいると、リアムが横から顔を覗き込んできた。

口では心配げなそぶりでも、なんだか嬉しげだ。

「朝から様子がおかしいね。ひょっとして警戒してる？」

「……知らないっ」

楽しそうに言われて、こっちはこんなにあれこれ悩んでいるのにと思うと悔しくて、そっぽを向いてやった。

面白がってリアムが一歩近付くと、陽も一歩下がる。

二人の距離は、微妙に縮まらない。

「そんなに警戒しないで、僕の赤ずきんちゃん。大丈夫、頭からがぶりと食べたりしないから」

「もうっ、リアムったら！」

「普通にしていて。そんなに意識しなくていいよ。ごめんね、陽を困らせる気はなかったんだけど」

「リアム……」

うなだれがちに殊勝に謝られると、根が単純な陽はすぐリアムがかわいそうになってしまう。

「そ、そんなことないよ！　困ってなんて……」

思わず自分から彼のそばに駆け寄ると。

リアムに突然抱きしめられてしまった。

「ほら、捕まえた」

「リ、リアム⁉」

「油断してると、キスくらいはされちゃうかもしれないよ？」

ふいにリアムの端整な美貌が目近に迫ってきたので。

「……ドキドキしちゃうから、ダメ」

陽は唇の前に両手の人差し指で×を作ってみせる。

「リアムのアップは、ほんとに心臓によくないんだから」

本心から言ったのだが、リアムには笑って受け流されてしまう。

本当なのに。

男の自分でさえ、こんなにドキドキしてしまうのだから、女の人はひとたまりもないだろうなと思う。

「それでは姫君、この哀れな恋の奴隷に、どうかそのお手に触れる光栄を与えてはいただけないでしょうか？」

大仰《おおぎょう》にお辞儀をされ、陽はつい笑ってしまう。

「ほんとに手繋ぐだけだよ？」

「神に誓って」

と、リアムは真面目な顔を作って右手を掲げ、宣誓のポーズをしてみせる。

なので陽は照れ臭さを感じながらも、おずおず右手を差し出した。

大きなリアムの手のひらが、大切なものに触れるように陽の手をそっと包み込んでくる感触が心地いい。

そうして二人は手を繋いだまま、牧場内を厩舎《きゅうしゃ》に向かって歩いた。

「僕の相棒のエースだよ」

リアムの馬は、みごとな栗毛《くりげ》の馬だった。

よく手入れされているのか、つやつやとした毛並みが美しく、健康状態も申し分ないようだ。

「こんにちは、エース。初めまして」

陽が声をかけると、エースは前足で地面を掻《か》いた。

「こういう仕草をする時は、相手の注意を引きたいんだよ。どうやらエースも陽に興味があるみたいだ」

「ほんとに？　嬉しいな」

陽はそっとエースのたてがみを撫でてやった。

「馬はとても記憶力がいい動物なんだよ」

「へぇ、そうなんだ」

「エース、陽は僕の大切な人なんだ。次に会った時にはお辞儀をするように」

リアムがその鼻面を両手で包み、真顔で言い聞かせているので、陽はつい笑ってしまう。

「お辞儀はしなくていいよ」

リアムも笑って、鐙《あぶみ》に片足をかけると身軽く馬上の人になる。

「ほら、おいで。初めは一人じゃ乗れないだろう?」

「……」

リアムに触れられるのはドキドキしてしまうので困るが、初めての乗馬には心惹かれる。

迷った末、結局陽は好奇心には勝てずにおずおずと右手を差し出した。

その手を掴み、リアムが軽々と馬上へと引っ張り上げてくれる。

彼の前に跨《また》がる恰好で、陽は下を見下ろした。

「わ、高い!」

いざ乗ってみると、想像していたより地面が遠い。

馬上というのはこんなに高いものだったんだ、と少しだけ怖かったが、恐怖心より好奇心の方が勝った。

「少し走ってみようか」

「うん！」

リアムが手綱を操り、軽くギャロップでエースを走らせてくれる。

エースはゆっくりと馬場を闊歩《かつぽ》してくれた。

「すごい！　馬って速いんだね」

ゆっくり駆けてこの速さなのだから、思い切り疾走したらどんなに速いだろう？

初めての乗馬に、陽は頬を紅潮させて興奮していた。

馬場を出て、近くを軽く一周して厩舎へと戻ってくる。

「どうだった？」

「もう、すっごく楽しかった！　またエースに乗せてくれる？」

「もちろんさ」

「エース、乗せてくれてありがと」

馬から下りた陽は、エースの鼻先を両手で撫でてやる。

すると。

「ちょっと妬《や》けるな。陽は僕よりエースに夢中？」

「そ、そんなこと……っ」

またまた際どいことを言われ、陽はどぎまぎしてしまう。

なんて答えたらいいのだろう、と悩んでいると、それまで笑顔だったリアムがふいに眉を顰め、額《ひたい》に手を当てる。

「……っ」

「どうしたの⁉」

「ちょっと眩暈《めまい》が……」

「大変！　ほら、横になって！」

と、陽は慌てふためいて持参してきたピクニックシートを牧草の上に敷く。

「ああ、すまない……」

リアムは大儀そうにその上に仰向《あおむ》けに横になる。

「お水は？　なにかできることある？」

おろおろと狼狽《うろた》えた陽は、そのそばに両膝をつき、被っていた帽子を取って扇《あお》いでやった。

「……陽が膝枕《ひざまくら》してくれたら、治りそうな気がするんだけどな」

「え？」

見ると、リアムが片目だけ開けてこちらの様子を窺《うかが》っていた。

「リアムってば、もう……っ！」

心配した分、ほっとする。

するとリアムは、陽に叱《しか》られる前にすばやくその膝に頭を乗せてきた。

そうしておいて、下から悪戯《いたずら》っ子のように屈託なく笑うので、怒る気も失《う》せてしまう。

「陽の膝枕、ずっと夢見てたよ。ああ……世界中のしあわせを独占した気分だ。たとえ、明日世界が終わったとしても後悔はしないよ」

「もう、大袈裟《おおげさ》なんだから」

苦笑した陽は、膝の上の彼の前髪をそっと整えてやった。

「リアムがこんなに甘えん坊だなんて、知らなかった」

「好きな子に甘えたいのは当たり前のことだと思うけどな」

と、また口説きモードに入ってきたので、陽は両手でリアムの目元が見えないように目隠しした。

「……もう、好きって言うの禁止」

「どうして?」

「……こっちが恥ずかしくなるから」

彼の美しいアクアブルーの瞳を見ると、またドキドキが始まってしまうので隠していたのに、リアムがその手を摑み、手を握られてしまう。

「会えない時間が長かったから、僕は陽にたくさん伝えたくてたまらないのに」

ずっときみのことを想っていたから、と囁《ささや》かれて、また心臓が震え出す。

「で、でもほら、気のせいってこともあるから。まだ再会して間もないし……リアムだって、すぐほかの人が好きになるかも」

うっかりそう言ってしまうと、リアムはひどく悲しげな顔をした。

「陽は、僕がどれくらいきみのことを好きか知らないから、そんなことを言うんだよ」

「……ごめん」

確かに今の発言は無神経だったと反省し、素直に謝る。

するとリアムは、握った手に力を込めた。

「お願いだから、僕の本気を疑わないで」

「……うん」

「あと五分だけ、こうしていていい？」

「……もうっ、しょうがないな」

本当は、こんなことをしていてはいけないと頭ではわかっている。

だがリアムに頼まれれば、どうしても嫌とは言えなかった。

——帰国するまでに、なんとかしなきゃ……。

この休暇が終われば、また日本でいつもの日常に戻るのだ。

自分は、ただリアムに頼まれ、縁談を阻止するために来ただけ。

彼の求愛に応える資格はない。

けれど、今は少しだけこのままでいたい。

問題を先延ばしにしているのはわかっていたが、陽はこんなにも自分と過ごす時間を楽しんでくれているリアムの姿を、もう少しだけ見ていたかった。

◇　◇　◇

こうして初めはあれこれアクティブに楽しんだ二人だが、数日するとリアムはペースを落とし、半日は城でのんびり日光浴をしながら読書をしたりするようになった。

日本だと短い休暇に旅行に出かけても、やれ観光だ買い物だと時間を惜しんであれこれ予定を詰め込み、結局疲れ果てて帰るということがままあるが、外国でのバカンスというのは、こんな風にのんびりと過ごすものなのか、と目から鱗《うろこ》が落ちる思いがする。

リアムは身体がなまったと言い出し、今日は朝からプールで泳ぎ続けている。

むろん昔の建造物である城に最初からプールがあったわけではなく、後から敷地内に造ったものらしい。

これだけの設備を、たまにしか訪れない別荘代わりの城に造るのだから、リアムの一族は相当な富豪なのだろうなぁ、と今さらながら生きる世界が違う現実を痛感してしまう。

陽も暇だったのでプールを覗きに行くと、リアムはデッキチェアで一休みしていた。

長身を伸び伸びとさせ、心地よさそうに目を閉じている。

まだ濡《ぬ》れている前髪が、妙に色っぽい。

そういえば、こんな風に間近でまじまじと彼の顔を見つめたことはまだなかったなと考える。

代々貴族というものは守られてきた純血種のせいか美形が多いというが、リアムはその容姿だけではなく、どこか他人を惹きつける独特の魅力を持っている。

あの愛らしかった天使が、今はギリシャ神話にでも登場しそうな美貌の青年に成長するなんて。

やはり離れていた十三年という月日の長さを、改めて痛感してしまう。

用意されたガウンは傍らに置かれたままで、黒のビキニタイプの水着以外は当然ながら裸だ。

その身体は思いのほか筋肉質で、陽は彼が着痩せする性質なのだと知った。

あまりじろじろ見るのは失礼だと思いつつ、つい目が離せない。

同じ男として憧《あこが》れるほどの、完璧《かんぺき》に近いバランスの整った身体だ。

——いいなぁ……。

そういえば、子供の頃からリアムみたいになりたいと憧れ続けてきた。

陽にとってリアムは、芸能人やアイドルなどよりもよほど憧れの存在だったのだ。

思わずまじまじと見つめていると、その視線を感じたのかリアムが片目を開く。

「ひゃ……！　あ、あの……これは……っ」

水着姿を凝視しているなんて、まるでストーカーみたいだと焦って言い訳しようとすると、リアムが笑い出す。

「どうしたの？　なに慌ててるの」

「……別に、なんでもないけど」

と、陽はようやく形勢を立て直す。

「ちょっと暇だから、見に来ただけ」

「陽も泳げばいいのに」

「……水着持ってないから」

本当はぜったい水着になれない最大の理由があるのだが、それは隠さなければならないので、普通の女の子らしい言い訳を口にする。

だが、猛アタックを続けている自分の前で水着姿になるには抵抗があるのだろうと思っているのか、リアムはしつこく誘わないので助かった。

「すっごくしあわせそうな顔してた」

「実際、しあわせだからね」

と、デッキチェアからリアムが右手を伸ばしてくる。

「そばに陽がいてくれるなんて、最高のバカンスだ」

「……相変わらず口がうまいんだから」

彼が自分の手を求めているのがわかるので、なんだかくすぐったい。

どうしようかな、と迷ったが、結局左手を委《ゆだ》ねた。

ただ、手を繋ぐだけ。

なのにどうして、こんなに満ち足りた気持ちになれるのだろう……？

彼の手の大きさ、温かさ。

そしてそっと握り込んでくる、力加減。

この感触に慣れてしまったら、離れ離れになった時がきっとつらくなる。

それに気づいた時、陽はさりげなく手を引き、再びリアムから距離を置いた。

「そ、そろそろ着替えたら？　風邪ひいちゃうよ？」

場を取り繕うために早口に言うと、リアムも起き上がる。

「……そうだね。それにもうすぐダンスレッスンの時間だ。シャワーを浴びて着替えてくるよ」

「あ、そっか」

ここ数日、毎日午前中に一、二時間ダンスの練習を続けている。

もちろん日本ではダンスなど踊った経験すらない陽が、パーティで踊れるようにするためだ。

父親の誕生日パーティにドレスコードがあり、ダンスを踊ると聞き、またまた世界が違う……と絶句させられた陽だが、もう乗りかかった船だと腹を決め、猛練習の最中なのである。

「すぐ行くから、大広間で待っていて」

「……うん」

言われるままに、一人で先に一階にある大広間へ向かう。

数百人規模のパーティが開けるほどの大広間で、二人はダンスの練習をしていた。

正直、自分にダンスの才能はないが、これもリアムのためだ。

それに数百年の昔、この同じ場所で当時の貴族たちが実際に舞踏会を開き、踊っていたのだと想像するだけでもワクワクした。

ＭＤプレイヤーでワルツを再生し、一人必死で憶えたステップを踏む。

当日は草履《ぞうり》に振袖なので、ステップはさらに難しくなるし、歩幅もかなり狭くなる。

転ばないように気をつけなければ。

一心不乱に練習していると。

「お待たせ」

ややあって、シャワーを浴びてシャツとジーンズに着替えたリアムがやってきた。

どちらもシンプルな素材のものだが、彼が着るととても上品に見える。

どうやら少し前から、一人踊る陽の姿を観察していたようで。

「うまくなったね」

と感想を述べられる。

「もうステップ憶えるのに精一杯で、姿勢をキープするのが大変だよ」

「よし、おさらいしようか」

とリアムが参加し、陽は彼に左手を預ける。

普段から惚れ惚れするほど姿勢がいいリアムが、ダンスのスタンスを決めるとその優雅さについ見惚《みほ》れてしまう。

なんというか、そう……所作の一つ一つがいちいち様になっていて、目が離せなくなるのだ。

ダンスは苦手だ。

だってリアムと、こんなに接近して密着すると、なぜだかいつも動悸《どうき》がひどくなるから。

――どうしてこんなにドキドキしちゃうんだろう……？

女の子の恰好を続けるうちに、気持ちまでそうなってしまったんだろうかと不安になる。

そこで日本にいるクラスメイトや近所のおじさんを頭の中で想像し、ダンスをしてみるが別段なにも感じない。

どうやらこの異変は、リアムに触れている時だけのようなのだ。

自分でもさっぱり訳がわからず、陽は思わず呟く。

「やっぱりダンスってちょっと苦手」

「どうして？」

曲に合わせてターンしながら、リアムが尋ねてくる。

「……日本では、こんな風に人と接近することってあんまりないから」

「日本でも海外でも、恋人ができたら接近することになると思うけどな」

「そっか……私が慣れてないだけだね」

「その方が、僕は嬉しいけど」

さらりと言われ、陽は彼を見上げる。

「……もし私に恋人がいたら、恋人役は頼まなかった？」

「さぁ……どうかな。難しい質問だ」

踊りながら、リアムがじっと瞳の奥を見つめてくる。

こうして彼に見つめられると、女装がバレるのではという不安よりも、純粋にどうしていいかわからなくなって困惑する。

「……そんなに見ないで」

「それも難しい相談だ。ダンスの時は、相手の目を見るものだよ？」

「……もうっ」

欲しい返事は、いつもこうしてはぐらかされてしまう。

だがそれはお互いさまだ。

自分だって、リアムが欲しい答えをただずるずると引き延ばしている分、さらに性質《たち》が悪いと反省した。

こうしていつものようにみっちり一時間練習し、今日のレッスンは終わりということでテラスで一休みする。

するとマリーが、絶妙のタイミングで搾りたてのレモンでレモネードを作ってくれた。

酸味の効いた冷たいドリンクが、運動をした後の喉《のど》に染み渡る。

「はぁ……おいしい」

ほとんど一息に飲み干し、陽は満足げに呟く。

オープンエアのテラスにいると、爽やかな緑の匂いを含んだ涼しい風が吹き抜けていく。都会の喧騒《けんそう》や雑踏から離れ、こんな広大な自然に囲まれて優雅なバカンスを過ごすなんて、なんて贅沢なひと時なのだろう。

「なんだか、リアムに会ってからずっと夢の世界にいるみたい」

「どうして？」

向かいの席で長い足を組み、急ぎの書類に目を通していたリアムが顔を上げる。

「だって、日本では私はただの大学生で、日々バイトに追われて数百円の節約に頭を悩ませてスーパーで買い物したりしてるんだよ？　こんな贅沢なこと、もう一生経験できないと思う。ほんとにありがと」

本心からそう思ったのでそう告げると、なぜかリアムは表情を曇らせた。

「それは僕の求愛に対しての、ノーという返事？」

しまった。

うっかり彼への返事を保留にしていることを失念して、無神経なことを言ってしまったと後悔してもあとのまつりだ。

だが、どちらにせよ色よい返事はできないのだから、これを機会にさりげなく否定的な方へ話を持っていく方がいいのではないか。

そう判断した陽は、なんとかマイナスの理由を探す。

「……で、でも、仮に恋人になったとしても、日本とイギリスの遠距離じゃうまくいかないんじゃないかな？」

「僕が会いに行くよ。飛行機でたった半日の距離だ」

距離以上に、致命的な問題があることをリアムは知らない。

困った陽がうつむき、テーブルの上に置いた手に視線を落とすと。

リアムが手を伸ばし、その手をそっと包み込んできたのでびくりと反応した。

「なぜだろう……ひどく焦りを感じるんだ。好きになってくれるまで待つ、なんてまどろっこしいことを言っていたら、きみは僕の腕を擦り抜けて逃げてしまいそうで、不安なんだよ」

切なげな視線とその言葉は、ぐさりと陽の胸に突き刺さる。

彼に申し訳ないと思えば思うほど罪悪感は膨らんでいき、もういっそ本当のことを打ち明けてしまおうかとすら思い詰める。

「リアム……あの……」

思い切って顔を上げるが、彼のがっかりした顔を想像するとどうしても言えなかった。

「……お願い、返事はもう少し待って」

とりあえず、そう哀願するのが精一杯だった。

「ああ、すまない。また陽を困らせてしまったね。でも、僕は本気だよ？　きみが望むなら、僕はいつでも持てるすべてを捧げる」

「リアム……」

もしかしたら彼も、自分の答えがノーなのを薄々感じ取っているのかもしれない。

それが焦燥という形で出てしまっているのだろう。

——ごめん……ごめんね、リアム。

いくら返事を先延ばしにしたところで、結末は同じなのに。

改めて、罪深い嘘をついてしまったことを陽は激しく後悔する。

だが、本当にもうどうしていいかわからなかった。

◇　◇　◇

楽しい時間というものは、あっという間に過ぎていくものだ。

こうして古城での優雅なバカンスは十日を迎え。

そして、いよいよパーティの前々日。

振袖をスーツケースに用意し、陽はリアムとともに城を出発した。

少し早めに行って、リアムがロンドン観光に連れて行ってくれるというので、楽しみにしていた陽だ。

リアムが現在住んでいるアパートメントはロンドン市内に、そして彼の両親が暮らしているマナーハウスは郊外にあるらしい。

城からロンドンまでは、車で約半日ほどかかる道のりだ。

高級車だけあって座席のクッションもいいので、長旅でも嘘のように快適だった。

「さすが速いよね。いいなぁ、免許取ったらこんな車運転してみたいなぁ」

盛んに車を褒める陽に、ハンドルを握るリアムが言う。

「陽は車に興味があるんだ。そういうところも男の子みたいだね」

「……そ、そう、よく言われる」

うっかり地を出してしまい、ひやりとするが慌ててごまかす。

いけないいけない、気をつけなければ。

これから彼の両親にも会うのだから、と陽は一層気を引き締める。

「ホテルはサヴォイを予約してあるから、そこに泊まろう」

「え……？　う、うん」

サヴォイホテルといえば、ロンドンでも一、二を争う有名な超高級ホテルだ。

だが、てっきり両親のいるマナーハウスに泊めてもらうのだとばかり思っていた陽は、内心驚いた。

――どうしてご両親に泊めてって頼まないんだろう？

もしかして、リアムと両親はあまりうまくいってないのだろうか？

同じロンドンに住んでいながら、彼一人だけ別に暮らしていることといい、今回の婚約騒ぎといい、親との意志疎通がちゃんとできていれば起きないような気がした。

「ここがサヴォイだよ」

「わぁ……」

ガイドブックなどでその外観は見たことがあったが、初めて実物を目の前にすると、さすがは老舗ホテルだけあって、その格式の高さは格別だ。

あまり物怖《ものお》じしない陽だが、マナーと英語に自信がないだけにやや緊張する。

車を預け、リアムが左肘《ひだりひじ》を差し出してくれたので、二人は腕を組んでホテルへと入った。

「かつてこのホテルの常連客だった、著名人にちなんだパーソナリティー・スイートもあるんだって。クロード・モネやウィンストン・チャーチル、フランク・シナトラと名前がついていて、滞在当時のエピソードにちなんだ小物が置かれているらしくて、泊まってみたかったんだけど生《あい》憎《にく》満室だったよ。だから今回は普通のスイート」

ロビーを歩きながら、リアムが解説してくれる。

ふだんロンドンに住んでいる彼がホテルに泊まる機会はないだろうし、自分をもてなしてくれるためにこんな最高級ホテルをリザーブしてくれたのだと思うと申し訳なくなった。

恭しくボーイに案内された部屋は相当な豪華さで、リビングなどは十人が一堂に会して会議ができるのではないかと思うほど広い。

モノトーンに統一された家具や調度品も、むろん一級品ばかりだ。

「すごく広いね！」

物珍しさにあちこち覗いていると。

「ちゃんとベッドルームも二つあるし、鍵もかかるから安心して」

リアムが寝室を見せてくれる。

言われて、そうか、一応リアムと同じ部屋に泊まるんだ、と初めて気づいた。

「でも……いいの？　このホテル、すごく高そう。普通の部屋でよかったのに」

スイートなんて、一泊で何十万とするのではと心配すると。

「陽はそんな心配しなくていいんだよ。僕たちはバカンス中なんだから、たまにはね」

と、リアムが片目を瞑《つむ》ってみせる。

その魅力的なウィンクに、陽は耳まで紅くなってうつむいた。

到着して荷物を解き、ルームサービスで少し遅めのランチを摂《と》ってから、さっそく市内観光だ。

「さて、観光プランを練ってきたんだけど、それでいい？」

「うん、リアムが考えてくれたなら、それが一番だと思う」

素でそう答えると、リアムが嬉しそうに微笑む。

「可愛いことを言ってくれるね」

「え？　そう？」

本心からそう思っていたので、陽は逆にきょとんとしてしまう。

もう午後を回っていたので、今日はとりあえずホテルの近場をざっと観て回ることにする。

時間がないので、セントポール寺院やタワーブリッジは車の中から眺める程度で済ませ。陽が楽しみにしていたロンドン塔は、じっくり見学する。

十一世紀に要塞として建設されたロンドン塔は、全部で十一塔から成り、約千年の英国王家の歴史を物語る有名な城だ。

数々の反逆者や異端者たちを幽閉し、処刑した場所なので、ヘンリー八世の王妃キャサリンとアン・ブーリンなど数々の亡霊が塔内を彷徨《さまよ》っている姿が目撃されているらしい。

密《ひそ》かにオカルト好きな陽はドキドキしたが、幸か不幸か見学中、それらしき亡霊に遭遇することはなかった。

敷地内にあるジュエルハウスには『偉大なアフリカの星』と呼ばれる、五百三十カラットのダイヤモンドが展示されているとリアムが教えてくれたので、せっかくなのでそれも見せてもらった。

あとは定番として外せない、ウエストミンスター寺院やバッキンガム宮殿、それにピカデリーサーカスなどを駆け足で回る。

それでも辺りはすっかり暗くなっていた。

「ホテルのディナーを予約してあるから、それまでには戻らないと。でもこの近くに、僕が働いているデパートがあるんだけど、ちょっとだけ見ていくかい？」

「え、ほんと？　行きたい！」

普段リアムが働いているところと聞いて、陽は二つ返事で賛成する。

話はまとまり、二人はロンドンでも有数の老舗百貨店へと向かった。

陽も名前だけは聞いたことがある、世界的にも有名なデパートだ。

その外観も重厚で、約百年前から続いているという歴史を感じさせる趣だ。

「うわぁ……すっごい高級デパートだね」

「この本店は、歴史があるからね。女王陛下から、生活用品と服飾品について王室御用達《ごようたし》の指定を受けた店も入ってるんだ」

「へぇ、すごい！」

リアムの説明によれば、このデパートはイギリス国内に約四十店舗あり、最近ではアメリカやカナダなど海外出店にも力を入れているらしい。

海外のデパートは物珍しく、中に入ると陽はついきょろきょろしてしまう。

「陽、こっちだよ」

そんな陽を、リアムはブランドショップが立ち並ぶフロアへと案内した。

とある一店へ足を踏み入れると、リアムの顔を知っているのか女性スタッフが飛んでくる。

「今日はオフだから、内密にね」

リアムが人差し指を唇の前に立ててみせると、彼女は心得た様子で頷く。

「お待ちしておりました、こちらへどうぞ」

あらかじめリアムから連絡が入れてあったのか、接客も滑らかに、スタッフは陽のサイズに合わせたドレスを次々運んできた。

「こちらなどいかがでしょう？」

「いいね。これも頼む」

リアムもてきぱきとセレクトに参加している。

「リ、リアム……？」

「試着するだけだよ」

「でも、こんな高いドレス……」

「きっと陽に似合うと思うんだ。着てみせてくれないか？」

と、真摯《しんし》な瞳で懇願され、断れなくなる。

「……それじゃ、試着だけなら」

そう了承し、陽は店員に案内されて試着室へ入った。

店員はドレスに色を合わせたハイヒールとハンドバッグも揃えてくれる。

彼女が手伝ってくれるというのを断り、なんとか一人で背中のファスナーを上げた。

幸い、勧められたものがあまり露出の多くないドレスで助かった。

胸に入れてあるパッドがずれていないか、何度も確かめた後、陽はおずおずとドレス姿で試着室から出る。

「……き、着替えたけど」

そう声をかけると、ソファーで待っていたリアムが立ち上がる。

「素晴らしい！　サイズもぴったりだね。フリソデも似合うが、ドレスもとてもよく似合っているよ」

「……ありがと」

大仰に褒め称《たた》えられ、陽は恥ずかしさにうつむいた。

すると、そこへアタッシェケースを下げた店員がやってきて、恭しくリアムに一礼する。

「ご希望の商品をお持ちいたしました」

「ああ、彼女に似合いそうなものを見せてください」

「かしこまりました」

と、その男性店員はテーブルの上でケースを開ける。

中には数々の宝石が散りばめられたネックレスやブレスレット、イヤリングに指輪などが陳列されていた。

どうやら、宝飾店の店員らしい。

どれも、素人目に見ても数万円では買えないとわかるような代物だ。

それを見て、陽はますます青くなった。

「リアムっ、本当になにもいらないからね⁉」

「わかってるよ。ちょっとドレスに合わせてみるだけだから」

と、リアムは涼しい顔だ。

本当かなぁ、と疑いながら、せっかく持ってきてくれたものを試着しないのも申し訳ない。

「これがいい。僕がつけてあげるよ」

何カラットあるかわからない、大粒のダイヤモンドのネックレスを、リアムが背後からつけてくれる。

「ほら、すごくよく似合ってる」

「そ、そう……?」

自分の肩を抱き、姿見の中で微笑むリアムが本当に嬉しげだったので、なんだかドキドキしてしまう。

とはいえ、こんな高そうな宝石をつけた経験など当然ないので、失《な》くしたらどうしようとそんなことばかりが気になってしまった。

「陽、次はこのドレスを合わせて」

「まだ着るの⁉」

こんな調子で、リアムと店員に次々着せ替え人形にさせられ、ようやく解放された時にはもうぐったりだった。

再び私服に着替え、店を後にするが、リアムは本当になにも買わなかったのでほっとする。

ディナーの予約が迫っていたので、二人は急いでホテルに戻った。

滑り込みセーフであと二十分ほど余裕があったので、二人がリビングで一休みしていると、部屋のインターフォンが鳴る。

「はい」

誰だろうと思いながら陽がドアを開けると、ホテルのコンシェルジュがいくつものプレゼント包みと大きな薔薇の花束を運び込んできた。

彼が愛想よく会釈して去っていくと、テーブルの上は、さながらクリスマスの暖炉前のようにプレゼントの山ができていた。

「これは……?」

「開けてみて」

リアムに促され、陽はドキドキしながら一番大きな箱のリボンを解いてみる。

すると中には、洗練されたデザインの華やかなピンク色のドレスが入っていた。

「……これ、さっきの……」

間違いない。

それはついさっき、リアムのデパートで試着したばかりのドレスだった。

手に取ると、憶えのある上質なシルクの手触りが心地いい。

「クリスマスにはまだ早いけど、サンタさんからの贈り物じゃないかな」

「リアム……」

「ほら、ほかの箱も開けてみて。陽に似合うと思ったものを選ぶのは、とても楽しかった」

勧められるままにすべてのプレゼントを開けてみると、イヤリングにネックレス、ブレスレットに時計、そしてドレスに合わせた同色のバッグとハイヒールまで一式揃っていた。

「すごい……」

いずれもさきほどリアムが自分に試着させ、満足げに眺めていたコーディネートで、陽は言葉を失う。

彼の気持ちはありがたいし、とても嬉しい。

だが、リアムがここまでしてくれるのを目の当たりにし、困惑と動揺が胸に広がったのも事実だった。

女性にプレゼントをするのは、相手の心が欲しいから。

だが、自分は女性ではないから、その気持ちに応えることはできない。

なのに、こんな高級品のプレゼントを受け取ってしまっていいのだろうか、という負い目をどうしても感じてしまうのだ。

「気に入らなかった？」

陽が浮かない表情なのを見て、リアムも眉を曇らせるので、慌てて首を横に振る。

「ううん、すごく嬉しいけど……こんなにたくさんもらっても、なんのお返しもできないから心苦しくて」

自分のしがない小遣いでは、今リアムがしているネクタイ一本買えないだろう。

申し訳なさにうつむくと、リアムが言った。

「陽が僕の頼みを聞いてくれて、遥々《はるばる》日本から会いに来てくれた、それだけで僕にとっては最高のプレゼントだよ。お返ししたいと思ってくれるなら、これを着てディナーに付き合ってくれるね？」

と、自分が気兼ねせずに済むような言い方をしてくれるリアムの優しさに、陽も笑顔を取り戻す。

彼の好意を無下にすることはできなかった。

「うん、そんなことでいいなら、喜んで。ありがとう、リアム」

こうして、陽は彼からの贈り物を身につけ、その晩は有名シェフ、ゴードン・ラムゼイ監修のメインダイニングで豪華なディナーをいただくことになった。

陽はさっそくバスルームで着替える。

リアムが選んだドレスは試着した中でも一番露出が少ないデザインだったのでほっとする。

「……どう？」

化粧を直し、アクセサリーも身につけてリビングに戻ると、リアムが感嘆の吐息を漏らした。

「やっぱりすごくよく似合ってる。素敵だよ」

「ありがと」

「まるで春の女神が地上に降臨したみたいだ」

「……それ、褒めすぎ」

「きみは本当に素敵なんだもの。いくら言葉を尽くしても足りないくらいだ」

しれっと言って、リアムは左肘を差し出した。

「さぁ、明日の予行練習といこう」

「うん」

リアムに恭しくエスコートされ、陽はメインダイニングへと向かう。

こんな高級店に入ったのも初めてで、メニューも当然英語なのでどんな料理だかさっぱりわからない。

するとリアムがわかりやすく解説してくれたので、彼の勧めるコースに一も二もなく同意した。

あとはただ、にこにこしていればボロは出ないはずだ。

多少カトラリーの使い方に神経を使ったが、料理はどれも絶品だった。

キャンドルライトが灯《とも》るテーブルは、なんだか幻想的な雰囲気で。

今まで食べたこともないご馳走と相まって、ひどく現実味が薄い気がする。

「私のマナー……どう?」

「問題ないよ。とても上品だ」

と、リアムが太鼓判を押してくれたのでほっとする。

「明日は立食パーティ形式だろうから、そんなに心配しなくても大丈夫だよ」

パーティのことを思うと憂鬱《ゆううつ》なのか、リアムの表情が翳《かげ》ったので、陽は務めて明るく言った。

「そっか、少しほっとした。いっぱい食べちゃうかも」

「……明日は父が婚約者を連れてきているはずだから、少し嫌な思いをさせてしまうけど、気にしないで」

「なに言われても平気だよ、そのために来たんだから」

と、胸を叩く。

やってしまってから、女の子はこんなことしないかなと反省したのだが。

「リアムは自分の言いたいこと、ちゃんとお父さんたちに言えるといいね」

「……そうだね」

なにげなく言うと、リアムの表情がやや曇る。

そして。

「大丈夫、きっとうまくいく」

まるで自分にそう言い聞かせるかのように、リアムが呟く。

やはり彼と家族の間には、埋めようのない溝が存在しているように見える。

——リアムとお父さん、ちゃんと話し合えればいいのにな。

だが、家族内での問題は部外者にはわからない部分もある。
コトはそう簡単ではないのかもしれない。
今の自分にできるのは、せめてリアムの望むように彼の恋人役を演じきることだけだ。
明日の本番を思い、陽は早くも緊張していた。

◇　◇　◇

そして、いよいよパーティ当日。

リアムと陽は昼過ぎにホテルを出発し、彼の実家であるアルダートン家の所有するマナーハウスへと向かった。

今夜のディナーパーティは、ドレスコードは『ブラックタイ』。

すなわち男性はタキシード、女性は略式のイブニングドレスかカクテルドレス、または陽が用意したような着物のような民族衣装だ。

名門クラブや貴族の社交界では、ほとんどのディナーパーティがこうしたブラックタイ指定らしい。

「着いたよ」

到着した先のマナーハウスは、南ウェールズの城ほど広大な敷地ではなくこぢんまりとしていたが、都心に近く暮らし勝手のよさそうな建物だった。

それでも総敷地面積は、ゆうに千坪程度はあるだろう。

こちらに来てから、あまりにゴージャスな物件を見すぎて感覚がおかしくなってきている陽である。

屋敷前の広い駐車場には、すでに来客のものらしい車が何台も停められていた。

いずれも、有名な外車のエンブレムがずらりと並んだ、高級車ばかりだ。

この日のために、日本から持参してきた振袖をきっちりと着付けた陽は、リアムが助手席のドアを開けてくれたので、彼の手を借りて幾分緊張の面持ちで車から降りた。

久々の着物はやはり帯が苦しく、歩きづらくて一歩一歩ゆっくりと進む。

こんなハイソサエティーのパーティで、果たしてドジを踏まずに最後まで切り抜けられるだろうか。

いざ本番が近付いてくると、陽はそわそわと落ち着かず、何度も帯留めの位置を直す。

タキシードにブラックタイ姿も凜々《りり》しいリアムにエスコートされ、ホールに入るとやはり振袖が珍しいのか皆に注目されてしまい、少し恥ずかしい。

「皆、見てるね……」

「陽がキュートだからだよ」

自信を持って顔を上げて、と耳元で囁かれ、思い切って顔を上げる。

とにかく、笑顔で。

すべてはそれでごまかせる、とばかりに、陽は周囲に愛想を振りまいた。

リアムがこの家の長子だと顔を知られているらしく、彼の周りには次々と人々が集まってくる。陽の華やかな振袖はやはり注目の的で、招待客たちに口々に褒められ、拙《つたな》い英語で礼を言う。イギリスの上流階級では、英語の発音で身分がわかると言われるほどだと聞いたことがある。完璧な英国英語で彼らと歓談するリアムの姿は、品がありながら威風堂々としていて、どこから見ても立派な英国紳士だ。

――リアム、俺と二人の時とぜんぜん雰囲気が違う……。

二人でいると子供っぽい振る舞いをしたり、甘えてきたりする彼だが、それは幼い頃から気心が知れた関係だからこそ見せてくれる、特別な一面なのかもしれない。

こうした公式の場や職場で、この若さで重鎮らしき大人たちに囲まれて対等に渡り合わなければならないのだから、そのプレッシャーはかなりのものだろう。

そんな姿をそばで見ていると、リアムにとってこのバカンスが伸び伸びと本来の自分として過ごせる貴重な時間だったのだと改めて実感した。

そして、そんな大切な時間を自分と共有してくれたのが嬉しかった。

と、そこへ。

「遅かったのね、リアム」

出迎えてくれたのは、ブルネットの髪を綺麗に結い上げた女性だ。

年の頃は、三十七、八歳というところだろうか。

顔立ちは美人と評される部類に入るだろうが、露出が多く、下品になるぎりぎり手前のドレスでそのみごとなスタイルを誇示しているところが自分の美貌への絶大な自信を覗かせている。

その傍らには同じく黒髪の、十歳くらいの少年がいた。

「ご無沙汰《ぶさた》しております、アリシア」

恭しく挨拶してから、リアムは陽を振り返った。

「紹介するよ、私の義母のアリシアに義弟のトビーだ」

「初めまして、陽と申します」

初めて会うリアムの家族に、陽は緊張しながら会釈する。

「あら、ずいぶん可愛らしいお連れさまだこと。でも……このことは主人は知っているのかしら？」

婚約者候補のことが頭にあるのだろう、アリシアはやや困惑げな様子だ。

「いいえ、まだ話していません。父には後ほど私から説明しますので」

「そう……」

この辺の会話は、陽の拙い英語力でもなんとか聞き取れた。

「主人も強引だから……あなたの気持ちはわかるわ」

と、アリシアはなぜか含みのある笑みを見せる。

年のわりにやや小柄なトビーは、そんな母の背に隠れるようにしてリアムを見上げていたが、その様子は兄に対するというより、赤の他人でも観察しているかのようによそよそしかった。

――なんか、ヘンな雰囲気……だよね？

初対面の陽にすら感じ取れる違和感で、リアムが実家に帰りたがらない理由がなんとなくわかるような気がする。

「私はあなたの味方よ。頑張って主人を説得してね」

と、アリシアは言うが、その言葉には心がこもっていない、上っ面だけのようなものを陽は感じ取った。

「……ありがとうございます」

リアムもわかっているのか、さらりと礼を言うに留めて早々に話を切り上げる。

「知人に挨拶してきます、また後ほど」

アリシアにそう挨拶し、リアムは陽に再び腕を差し出す。

「行こう。父が登場する前に、派手にきみを紹介しておくよ」

「う、うん」

彼にエスコートされながら、陽は歩きにくい草履で転ばないように気をつけながら慎重にしずしずと歩いた。

大ホールの舞台では、楽団が生演奏を奏でている。

テーブルの上には豪華な料理が並び、パーティは盛況だった。

するとリアムの仕事関係らしき人々がこぞって挨拶にやってきたので、彼は笑顔で陽を彼らに紹介して回った。

周囲からリアムは『Lord』と呼ばれていて、それは伯爵本人を指すのではないかなと思っていたが、どうやら伯爵の息子は長男が『Lord』で次男以下が『The Honourable』と呼ばれているらしい。

「私の婚約者、陽です。以後、よろしくお見知りおきのほどを」

「これは可愛らしい！　まるで日本人形のようですな」

「本当に、素敵な方ですこと」

世辞混じりの称賛を受けながら、陽は気が気ではない。

こんなに大々的に自分を婚約者だと触れ回ってしまって、本当にいいのだろうか？

――だって俺は……リアムの花嫁には永遠になれないのに……。

現実を思い出すだけで、ちくりと胸が痛む。

彼を騙しているという罪悪感が胸にのしかかり、笑顔を作るのがやっとだった。

リアムが派手に陽を紹介していると、ふいに周囲にざわめきが走った。

「主賓の登場らしい」

と、リアムが皮肉に唇の端を吊《つ》り上げる。

「え……？」

陽もつられて顔を上げると。

金髪に少々白髪が混じり始めた、五十代と思《おぼ》しき男性が若い女性を連れてゆっくりとこちらへやってくる。

まるで映画俳優を思わせるようなロマンスグレーぶりだ。

その面差しはリアムによく似ていたので、彼がアルダートン家の当主、すなわち伯爵の爵位を継ぐ彼の父親だとすぐにわかった。

彼は二十二、三歳の女性を恭しくエスコートしていた。

豪奢《ごうしゃ》な金髪を結い上げ、深紅のドレスを身にまとった彼女はかなりの美貌で、周囲の視線を一身に集めている。

生まれながらに周囲に傅《かしず》かれることを当然としてきたように、自信に満ち溢れた所作で優雅に一歩一歩こちらへやってきた。

彼女がイザベラだ。

陽は直感的にそう察した。

「本日はお招きいただき、ありがとうございます」

彼らがやってくると、リアムが恭しく挨拶する。

が、父親はにこりともせず、陽を冷ややかな視線で見下ろしてくるので、陽はいたたまれずにうつむいた。

「……そちらは？」

「紹介します。私の最愛の人、陽です。陽、父のエドアルドだ」

「は、初めまして、エドアルド卿」

リアムの紹介に、父親とイザベラの表情が険しくなる。

「……それがおまえの答えか？」

「はい。私は彼女以外の人間を伴侶《はんりょ》にするつもりはありません」

リアムがきっぱりとそう言い切り。

しばらく父と彼との間で、息をも詰まる無言の睨《にら》み合いが続く。

間に挟まれた陽は、もう気が気ではない。

ややあって、最初に目線を外したのは父親の方だった。

呆《あき》れたようにため息をつき、隣にいた女性を振り返る。

「イザベラ、こんなことになって本当に申し訳ない」

「いいんですのよ、小父《おじ》さま」

イザベラは言って、一歩前に進み出る。

「リアムにも、一時の気の迷いというものはあります。私、気にしていませんわ」

「イザベラ……」

「お久しぶりね、リアム」

イザベラは、優雅に微笑む。

だが、その勝気そうな、くっきりとした二重の瞳は怒りに燃えていた。

「ひどい方。こんな風に私に恥をかかせるなんて」

「それに関しては、お詫《わ》びのしようもありません。ご無礼のほど、どうかお許しください」

と、リアムは彼女に丁重に謝罪する。

だが、それでイザベラの怒りが収まるはずもない。

「私、虚仮《こけ》にされるのは大嫌い。このままで済むとは思わないでいただきたいわ」

つんと顎を反らせ、彼女は悠然とホールを立ち去っていった。

と、その時。

楽団がワルツを奏で始め、ホールではダンスが始まった。

「踊ろう、陽」

「でも……」

「いいから」

ためらう陽を、リアムがなかば強引に手を取り、ホール中央へと進み出る。

主賓の息子と、ただでさえ目立つ振袖姿の陽は、すでに注目の的で。

人々の視線を感じ、陽は緊張する。

「心配ない、練習の通りに。僕がリードするから」

「……うん」

熱い眼差しで見つめられ、どくんと鼓動が高鳴る。

落ち着いて、落ち着いて。

練習の通りにすればいいのだ。

おずおずと右手を彼に預けると、彼の手が腰に回され、陽の身体はふわりと宙を舞う。

体重を感じさせない動きで、陽はリアムに導かれるまま軽やかにステップを踏んだ。

こうしていると、周囲には大勢の人間がいて雑然としているはずなのに、世界中で二人きりになったような不思議な感覚に陥る。

無心で踊り、彼の瞳を見つめているうちに、ふと我に返った時には一曲終わっていて。

ダンスを終えた二人に、周囲から拍手が送られた。

歓声に応え、二人は優雅に会釈する。

「気分はどう？」

「うん、なんだか……あっという間だった」

リアムの足を踏んづけなくてよかった、と終わってほっとする。

だが、視界の隅でエドアルドが苦々しげにこちらを見ているのに気づき、陽の気分は晴れなかった。

そしてその後のパーティの間中も、それきりリアムと父は一言も会話を交わすことはなかった。

そして、二時間ほど滞在すると。

「もう義理は果たした。そろそろ帰ろうか」

リアムがそう言い出す。

「え、でも……」

お父さんとちゃんと話をしなくていいのだろうか、と気を揉《も》む陽をよそに、リアムはさっさとアリシアたちに挨拶を済ませ、最後まで父と話すことなく屋敷を後にした。

「……お父さんと話さなくて、本当によかったの？」

どうしても気になって、帰りの車中でついそう聞いてしまう。

「……いいんだよ。あの人にはなにを言っても無駄だから」

どこかあきらめの口調で、ハンドルを握るリアムが答える。

「話し合いができていたら、こんな真似《まね》はしなかった。イザベラには申し訳ないことをしたけど」

確かにその通りだったので、陽は口を噤《つぐ》んだ。

場の雰囲気が重くなってしまったので、なんとか明るい話題を探す。

「で、でもほら、アリシアさんは優しそうな人だったね。リアムの味方してくれるって言ってたし」

するとリアムは、なぜか唇の端に皮肉な笑みを刻んだ。

「彼女にとっては、僕がイザベラと結婚して家を継がれるのは困るからだよ。彼女はトビーを跡継ぎにしたいんだ」

「……あ」

言われてみれば、彼女にとって実子はトビーだけで、母親ならば血を分けた我が子に跡を継がせたいと望むのは当然の心理かもしれない。

また無神経なことを言ってしまった、と陽は激しく後悔した。

ホテルに戻り、陽は一旦《いったん》与えられた寝室に籠って振袖を脱いだ。

きちんと着物の後始末をしてからブラウスとスカートに着替え、リビングへと戻る。

するとリアムはタキシードの上着を脱いだだけの恰好で、室内にあるホームバーのウイスキーを飲んでいた。

「お酒……飲んでるの？」

「ああ、少しね」

陽の前では、今まで一度も酒を飲んでいるところを見せなかったので、今の彼がどれほど気分が塞《ふさ》いでいるのかがわかり、かける言葉が見つからなかった。

ソファーに座る彼のそばに、そっと歩み寄ると、ふいにリアムが腕を伸ばし、陽の細腰を引き寄せた。

立っている陽の腹部に額を押し当てる恰好で、そのまましばらくの沈黙が続く。

「……僕は父の命令でずっと寄宿舎生活だったから、義弟とはほとんど一緒に暮らしたことがなくて、いつ会っても他人を見るような目で見られる。たまの休暇に戻っても、あの家で僕は居場所がなくて、いつも一人だった」

「……うん」

軽い酔いのせいか、リアムの意識は過去に引き戻されているようだった。

陽はされるがままの姿勢で、続きを待つ。

「子供の頃は日本に行きたい、行って母と暮らしたいと何度願ったかわからない。だが母は数年後に周囲の勧めで再婚したと聞かされた。それからずっと北海道《ほっかいどう》で暮らしているらしい。だから日本に行っても、僕の居場所なんかなかったから、あきらめるしかなかった」

「リアム……」

「父が僕に求めるのは、家の跡継ぎとしての完璧さだけだ。今までずっと、できる限りその要望に応える生き方をしてきたつもりだけど……もう限界なんだよ」

品行方正で非常識なことはしないリアムが、パーティであんな暴挙に及んだのはやはりよくよくのことだったのだ。

長年積み重なってきた我慢が、ついに限界を迎えたのだろう。

なにを口にしても薄っぺらな慰めになりそうで、陽はただその柔らかい金髪をそっと撫でてやった。

するとリアムも、一層陽を抱く腕に力を込めてくる。

「陽……今はそばにいてくれ……」

「……うん。ここにいるよ」

そう答えると、リアムが縋《すが》るような表情で陽を見上げてきた。

目と目が合い、彼の痛いほどの熱情が伝わってきてどくん、と鼓動が高鳴る。

ゆっくりと彼が立ち上がり、その美貌が目近に迫ってくる間も、陽は身動きできなかった。

リアムが望むなら、なにをされてもかまわない。

いつしかそう思ってしまっている自分が怖い。

来る……。

リアムの唇が、あと数センチで触れるところで、陽は思わず目を瞑ってしまう。

が、キスの感触はいつまで待ってもこなかった。

おそるおそる目を開けてみると、リアムは陽から離れ、背中を向ける。

「……すまない、今は自分を抑える自信がないんだ。このままだときみを力尽《ず》くで自分のものにしてしまいそうだ」

「リアム……」

「寝室の鍵をかけるのを忘れないで。おやすみ」

最後にそう寂しげな笑顔を残し、リアムは自分の寝室に閉じ籠ってしまった。

彼が、中から鍵をかけている音が聞こえ、陽は罪悪感で胸がいっぱいになる。

こんなにも、彼につらい思いをさせているなんて。

自分もシャワーを浴びてベッドに入ったが、その晩はなかなか寝付けなかった。


翌朝。

リビングでルームサービスの朝食を摂る時には、リアムはもう普段通りの彼だった。

かなり気を揉んでいた陽だったが、彼の穏やかな態度に少しほっとする。

「せっかくだからもう少しロンドン観光をしていこうか」

「……うん」

本音を言えば、すぐにでも南ウェールズの城に戻りたかった。

ロンドンにいると、リアムが苦しむような気がしたから。

だが彼の気遣いを無下にもできなくて、曖昧《あいまい》に頷く。

二人が出かける身仕度をしていると、ふいにリアムの携帯電話が鳴った。

「はい」

電話に出たリアムは、なにやら難しそうな表情で眉間《みけん》に皺を寄せている。

陽に聞こえないようにか、わざわざ隣の部屋へ移動してしばらくやりとりをした末、ややあって彼が電話を終えて戻ってきた。

「すまない、急に父から仕事のことで呼び出された。ちょっと行ってこないといけないんだが、一人でも大丈夫かい？」

「うん、平気。気にしないで行ってきて」

「心配だから、出かけるならタクシーを使って」

「大丈夫だよ、たぶんこのまま部屋にいるから」

「そう？　なるべく早く戻るからね」

そう言い置き、陽の頰にキスを残すとリアムは足早に部屋から出て行った。

こちらに来てから、ほとんど一緒だったので一人になると途端に寂しさが襲ってくる。

パーティで彼の恋人を演じる役目は、無事に終わった。

あと数日で彼の休暇も終わり、自分も日本へ帰国しなければならない。

再びリアムと離れ離れになる、そう考えただけでいてもたってもいられない気分になってくる。

——どうしてこんなに、リアムと別れるのがつらいんだろう……？

十年以上それぞれ遠い異国に離れて暮らし、たった十日ほど一緒に過ごしただけなのに。

もしかして、自分は本当に彼に恋をしてしまったのではないだろうか？

ようやくそう気づくと、陽はみっともないくらい動揺してしまう。

この胸の高鳴りは、いったいなんなのか。

今まで、どちらかといえば奥手で、高校時代も女の子とまともに付き合った経験すらなかった。なんとなく、そういうことに興味が持てず、こんな自分でもいつかは本当に好きな相手に巡り合えるのだろうかと不安に思ったことも一度や二度ではない。

けれどリアムに対する気持ちは、ただ純粋に兄を慕うような思いだと信じ込んでいた。

――でも……リアムが真剣に口説いてくるから、雰囲気に流されてるだけかもしれない。

恋などしたことがないから、これがそうなのかどうかわからない。

狼狽《ろうばい》しかけ、無駄な動揺だと気づいて苦笑する。

たとえこれが恋でも、そうでなくても、結末はもうわかっている。

リアムが求めているのは『本物の女の子である陽』なのだ。

自分が男である以上、彼の想いに応えることはできないのだから。

深いため息をついた、その時。

ふいに部屋のインターフォンが鳴り、陽はびくりと反応した。

来客の予定など、当然ない。

「……リアム？」

ひょっとしたら彼が忘れ物でもして戻ってきたのだろうか、と陽は急いで鍵を開けてドアを開いた。

すると、ホテルの廊下に立っていたのは、なんとパーティで会ったイザベラだった。

今日はドレスではないが、一目で高級ブランドとわかる、洗練された華やかな出《い》で立ちだ。

「イザベラさん……⁉」

「ご機嫌よう。入ってもよろしくて？」

「は、はい……どうぞ」

まさかいやとも言えず、陽は慌てて彼女を部屋へ通した。

案内されるまでもなく、彼女は悠然とリビングのソファーに腰を下ろす。

急いで、部屋のカフェセットで紅茶を淹れると、彼女は礼を言ってそれを受け取った。

「あなた方が南ウェールズに戻ってしまってからでは大変だから、今日お会いできてよかったわ」

陽の拙い英語力を見越しているのか、ゆっくり話してくれるのでなんとか理解できる。

「あの……リアムは今、出かけていて」

てっきりリアムに会いに来たのかと思い、そう告げると、彼女は意外なことを言い出した。

「わかってるわ。リアムのお父さまには、私からお願いしたの。リアム抜きで、あなたと二人だけでお話ししたくて」

「私と……ですか？」

いったいなにを言われるのだろう、と身構える陽に向かって、イザベラは実に魅力的な笑顔を見せた。

「あなた、リアムの家庭事情についてはどの程度ご存じなの？」

「どの程度って……あまり。ご両親が離婚した程度のことしか……」

イザベラ自身がどの程度知っているのかがわからないので、異母弟のことなどを口にするのはどうかと思い、慎重にそう答える。

「では、率直にお話しするわね」

と、彼女は優雅に微笑んだ。

「リアムのお父さまは大の日本贔屓《びいき》で、日本人の妻を迎えたけれど結局うまくいかなくて離婚。その数年後に現在の妻であるアリシアと再婚なさったのよ。お父さまは厳格な方で、リアムはずっと家族と離れて寄宿舎生活が長かったから、アリシアとトビーとはほとんど一緒に暮らすこともなかったの。彼らとリアムの仲は、あまり打ち解けられないまま現在に至っているわ」

「……はぁ」

彼女がなにを言いたいのかがよくわからなくて、陽は曖昧に相槌《あいづち》を打つ。

すると彼女は皮肉に唇の端を吊り上げた。

「わからないの？　リアムがあなたに求愛しているのは、父親へのあてつけと反感からよ。だから、わざと自分の母親と同じ日本人の花嫁を迎えようとしているのよ」

「……っ」

イザベラの言わんとしていることをようやく察し、陽は言葉に詰まる。

いい話ではないと思ったが、まさか面と向かって攻撃にやってくるとは想定していなかったのでどう対応していいかわからない。

が、そんな陽の動揺にはお構いなしに、彼女は続けた。

「アリシアはトビーに跡を継がせたがっているわ。とはいえ、貴族の爵位は長男が継ぐことが決まっているから、伯爵の称号はリアムが受けることになる。でもアルダートン家には巨大な事業と、それにまつわる財産があるでしょう？　アリシアはせめてそれをトビーに受け継がせたいのよ。まぁ、母親としては当然の願いかもしれないけれど」

と、彼女は一旦言葉を切り、悠然と陽が淹れた紅茶を飲む。

「私の家はリアムの家と釣り合いの取れる家柄で、親同士は子供の頃から私たちの結婚を望んでいたわ。ダブルバレルって知っている？」

知らなかったので、陽は無言で首を横に振る。

「二つの姓をハイフンで繋げた姓で、二重姓、複合姓とか、もしくはダブルネーム、ダブルバレルと呼ぶのよ。通常、イギリス人は結婚すると、男性側の姓を名乗ることが多いけど、男性、女性両方の家柄がよくて、両方の家名を残したい場合、女性の旧姓と男性の姓をハイフンで繋いで姓とする場合があるの。だから二重姓を持つ人は、二重姓にしてでも家名を残したいよい家柄、貴族などの上流階級であることが多いの。私とリアムが結婚すると、その二重姓になるはず。だ

から周囲はそれを望んでいるのよ。名前のハイフンの有無によって、上流階級かそうでないかの区別もできるから。わかる？　私との結婚は、決してリアムの損にはならないってことが」

「……っ」

「それに引き換え、あなたにはなにがあるの？　あなたと結婚してリアムが得をすることなんて、果たしてあるのかしら？」

悔しいが、なにも言い返せなかった。

自分にはなにも、リアムに与えることはできない。

捧げるものがない。

今回の再会でも、リアムからただただひたすら与えてもらうばかりだった。

そんな我が身の不甲斐なさに、陽は唇を噛《か》んでうつむくしかない。

そしてなにより、自分が女性ではないという現実が陽を打ちのめした。

「あなたがリアムのことを本当に愛しているなら、身を引くことも愛情表現の一つじゃないかしら？　心から彼のしあわせを祈っているのなら、ね」

なにも言い返さない陽を前に、イザベラは勝ち誇った様子で微笑む。

「リアムはお父さまとの確執でかたくなになっているだけ。勢いであなたと結婚なんかしたら、後できっと後悔するわ。世の中には釣り合いというものがあるの。身分不相応なところに嫁ぐのは、あなたにとっても不幸だと思うの。もう一度よく考えてみて、なるべく早く日本に帰ることをお勧めするわ」

話は終わった、とばかりに彼女はさっさと部屋から出て行ってしまった。

一方的に言いたいことを言われ、まったく反論ができなかった陽は一人取り残され、深いため息をつく。

彼女に言われたことはほぼ正論で、なにも言い返せなかった。

確かに自分はリアムにはふさわしくない。

身分違いうんぬんという以前に、まず男だというところから論外なのだから。

——やっぱり俺は……リアムに嫌われて別れるしかないのかな……。

今さら本当のことを告白して、リアムをさらに傷つけることなどできない。

だったら、女性として彼に嫌われてからすげなく求愛を断れば、リアムも考えを変えるかもしれない。

リアムがイザベラを選ぶかどうかは彼次第だが、少なくとも自分よりはほかのどんな女性を選んでもしあわせになれると思った。

落ち込んだ気分のまま、陽はカップを洗い、元に戻してイザベラが来た痕跡《こんせき》を残さないようにした。

イザベラが自分を訪ねてきたと知ったら、リアムがまた父親と揉めると思ったからだ。

それから一人ぼんやりしているうちに、ややあってリアムが戻ってきた。

「ただいま、一人で退屈しなかった？」

「……うん、思ったより早かったんだね」

「ああ、結局父のいつもの繰り言を聞かされるだけだったから、早めに逃げ出してきたよ」

イザベラに頼まれ、リアムを呼び出した彼の父親は、また自分との交際を思いとどまるように説得してきたのだろうか。

想像すると、陽はさらに落ち込む。

「さぁ、今日はどこへ行こうか？」

そんなこととは露知らず、リアムは予定通り観光に行く気でいる。

さぁ、これからだ。

たった今から、自分は我が儘《まま》で自己中でいやな女の子になる。

陽はリアムに悟られないよう、呼吸を整えた。

「……なんか、観光する気なくなっちゃった。もうウェールズのお城に帰りたい」

「そう、陽がそうしたいなら、そうしようか」

我が儘を言ったつもりが、リアムがあっさり同意したので拍子抜けしてしまう。

「あ、でもその前におなかが空《す》いたから、なにかおいしいものが食べたいな」

と、急いで付け足す。

「そうだね。なにがいい？」

「えっと……うんと豪華なの」

これでどうだ！

陽にしてみれば、今までの人生で言ったことのない最大級の我が儘なので、かなり胃が痛い。

「よし、それじゃフレンチでいいかな。今予約するよ」

だが、リアムはまたもや嬉々として電話をかけている。

「あ、あの……っ」

「よかった。席が取れたよ。それじゃチェックアウトして出かけようか」

「……うん」

促され、陽も自分が言い出した手前、やむなく荷作りを始める。

こうしてホテルをチェックアウトした二人は、車でそのフレンチレストランへと向かった。

が、内心陽は気が気ではない。

セレブのリアムに『豪華な食事』なんてねだってしまったら、いったいどんな店に連れて行かれるかわからない。

と、その時、通りかかった公園でホットドッグの屋台を見つける。

とっさに、陽はそれを指差した。

「や、やっぱり気が変わった！　ランチはあのホットドッグがいい」

「え……？」

「車、停めて。レストランはキャンセルして」

努めて生意気に見えるように、つんと顎を反らして言う。

するとリアムは、言う通りに公園脇の駐車場に車を停めてくれた。

そして車を降り、歩きながら携帯電話をかけている。

キャンセルの電話をしているのだと察し、申し訳なさに胃がきりきりと痛んだ。

――ごめんね、リアム。

心の中で彼に詫びる。

「陽はそこに座ってて」

陽をベンチに座らせ、リアムが買いに行ってくれる。

ホットドッグの屋台のそばにはフィッシュ&チップスの店もあったので、リアムはそれとドリンクも買ってくれた。

礼を言って受け取り、さっそく一口齧《かじ》る。

初めて食べたフィッシュ&チップスは、油っこいかと思いきや、なかなかおいしかった。

並んで格安のランチを食べながら、陽はちらりと隣のリアムの様子を窺う。

屈託なくホットドッグを齧っている彼の横顔は、いつも通りに見えるが、内心ではきっと自分の気まぐれぶりに腹を立てているはずだと思った。

よし、ここでさらに一押しだ。

「私って、ほんとはすごく我が儘なの。浪費癖もあるし、お嫁さんにするには一番向いてないタイプだと思う」

「ふぅん、そう？」

陽としては重大発言をしたつもりだが、自分を見つめる彼の目がなぜか笑っている。

「なに笑ってるの？」

「もしかしてそれ、僕に嫌われるように振る舞ってるつもり？」

「……‼」

どうしてわかったのか？　と顔に書いてあったのだろう。

リアムはおかしそうに噴き出した。

「普段、我が儘を言い慣れていないのが丸わかりだよ。無理してるなって感じ」

「そ、そんなに……？」

自覚はあったものの、彼にもバレバレだったのかと思うとそれはそれでショックだ。

「まだまだ甘いな、陽。こんなのは我が儘のうちに入らないんだよ？　恋する男は、好きな人の我が儘を聞くのは至上の幸福なんだからね」

「そうなの……⁉」

「豪華なコース料理でも、公園でホットドッグでも、一緒にいる相手が陽なら、僕にとってはどっちも楽しいんだ。だからもう、僕に嫌われるのはあきらめて。たとえ陽がいなかったとしても、僕がイザベラと結婚することは百パーセントないよ」

嘘ですら愛しい、と言いたげなリアムの表情。

言いながらケチャップがついてる、と右手を伸ばし、口元についていたそれを指先で拭ってくれる。

その指先を唇に含み、悪戯っぽい笑みを見せる仕草が妙にセクシーで。

ドキリとしてしまい、動揺を見透かされないように急いで目線を逸らした。

「……ごめんなさい」

「いいさ」

振り回してしまったことを謝罪したが、リアムはさらりと流して食べ終えた容器を手近にあったゴミ箱に捨ててくれた。

「さぁ、それじゃ急いで帰って、城でゆっくりしようか」

「……うん」

それからは、自分のバカさ加減に嫌気が差し、帰りの車中で陽は終始落ち込んでいた。

そして長いドライブの末、二人は再び南ウェールズの城へと戻ったのだった。

◇　◇　◇

今、言わなければ。

今日言わなければと思いつつ、きっかけを摑めずただずるずると時間だけが過ぎていく。

ロンドンから南ウェールズの城に戻り、約半月に亘《わた》るバカンスも残すところあと四日となった。

――いい加減、決着をつけなきゃ……。

リアムに嫌われることができなかったのだから、あとはもうきっぱりと彼の求愛を拒むしかない。

だが、その選択は身を切られるようにつらかった。

リアムの落胆する顔を見たくなかったし、なにより彼と離れ離れになることを無意識のうちに恐れている、そんな自分の優柔不断さが嫌だった。

――なに都合のいいことばっかり考えてるんだ……俺はリアムを騙してたんじゃないか。その報いは受けなきゃいけない。

一人、テラスでぼんやり風に吹かれながら考えごとをしていると、

「なんだかロンドンから戻ってずっと悩んでるみたいだけど、その悩みごとの相談には僕じゃ乗れないのかな？」

いつのまにテラスに来ていたのか、ふいにリアムに声をかけられ、陽は彼を振り返った。

「……」

相談なんか、できるわけがない。

だって、リアムはその当事者なのだから。

返事ができない様子の陽に、リアムが別の提案をしてくる。

「よし、それじゃ気分転換に散歩しよう」

「……うん」

すっかり馴染んできたこの城も、あと少しでお別れだと思うと寂しい。

ずっとリアムと、こうして一緒にいられたら。

ついそんな夢想をしてしまってから、慌ててそれを頭から振り払う。

並んで歩きながら、陽は思い切って顔を上げた。

「リアム……あのね」

「ん？」

「もし……もしもだよ？　私が本当はすっごい極悪人で犯罪とか犯してて、悪い人だったらどうする？」

ありったけの勇気を振り絞り、そう切り出してみる。

そんなこと、あるわけないだろうと笑い飛ばされるかと思いきや、リアムの答えは真剣なものだった。

「そうだな……罪を償って出所するまで、ずっと待ってるかな」

正直、そんな答えは想像していなかったので、陽は困惑する。

「そんなの……駄目」

自分のために、彼の輝かしい未来を奪うなんてできない。

ふるふると首を横に振るが、リアムは平然と続ける。

「どうして？　ほかの選択肢なんか思い浮かばないよ」

「リアム……」

木陰に差しかかったところで思わず足を止めると、リアムがじっと自分を見下ろしていた。

「愛してるよ、陽」

不意打ちのその言葉に、胸を射抜かれる。

息が詰まり、呼吸ができない。

身動きもできないままでいると、リアムの両腕にそっと抱きしめられていた。

そうして陽は硬直したまま、目の前まで彼の美貌が迫ってくるのをなかば茫然と見つめる。

そして、唇に触れた、軽い圧迫。

一度目は、陽の反応を窺うように。

だが二度目は思うさま貪《むさぼ》られ、渾身《こんしん》の力で抱きしめられる。

「あ……ん」

酸欠と未知の快感で、頭がくらくらした。

なにがどうなっているのか、一瞬訳がわからなくなる。

そして、されるがままに抱かれていると、リアムが耳元で囁いた。

「今日は駄目って言わなかったね」

「……っ！」

言われて初めて我に返り、陽は半ばパニックに陥る。

今、自分はなにをした……？

この期に及んで雰囲気に流され、リアムとキスしてしまうなんて……！

ますます事態を悪化させる、愚行もいいところだ。

陽は急いで彼の腕から逃れ、ふるふると首を横に振った。

「い、今のは忘れて……！」

そう叫び、陽は脱兎《だっと》のごとくその場を逃げ出す。

走って城へ駆け込むと一目散に階段を駆け上がり、自室へ閉じ籠った。

部屋の隅で膝を抱え、死ぬほど落ち込むが、後悔してもあとのまつりだ。

――ホントに俺……最悪だ……！

まったく、なんてことをしてしまったのだろう。

だが、後悔しながらも彼の唇の感触を反芻《はんすう》している自分がいる。

もう一度、抱きしめられたいと願う自分がいる。

もう、ごまかしようがなかった。

――やっぱり俺は……リアムのことが好きなんだ。

自分が男性に惹かれたこともショックだったが、相手がリアムでは無理はないと思う。

だが、大好きだからこそ、あきらめなければならない。

それがリアムのためなのだと自分に言い聞かせる。

――日本に、帰らなきゃ……。

予定を早めに切り上げ、帰国する。

そしてその前にきっぱりと、リアムからの求愛に断りの返事をして彼との縁を切るのだ。

陽はようやくその決意を固め、思い詰めた表情で荷造りを開始した。


「いろいろお世話になりました」

そして、翌日。

リアムが自室にいるのを確認し、その間にと急いで最後の荷造りを済ませ、急だが帰国する旨をマリー夫婦に伝え、今までの礼を告げ挨拶する。

人のよい夫婦はなぜこんなに急に、とがっかりしていたが、日本で急用ができたからとごまかすしかない。

こんな風に、まるで逃げるように別れなければいけないのはつらいが、彼の申し出を断った後もここに滞在するなどという図々《ずうずう》しい真似はできなかった。

それから、電話で五分後にタクシーを寄越《よこ》してもらうよう手配する。

これで準備は完了だ。

すべての支度を整えた陽は一つ深呼吸し、リアムの部屋へと向かった。

ドアをノックすると返事があったので、室内へ入る。

リアムは机にあるパソコンに向かっていた。

「リアム、忙しいのに悪いけどちょっとだけいい？」

「ああ、退屈させてごめん。発注の確認だけだから、すぐ終わるけど……」

そう言いかけたリアムの表情から、笑顔が消える。

陽が手にしているスーツケースが見えたからだろう。

「陽……？」

「突然こんなことして、ごめん。でも……」

何度も練習してきたはずなのに、声が詰まる。

この期に及んでさえ、リアムと離れたくない、別れたくないと心は悲鳴を上げている。

だが、こうするしか道はないのだと、必死に自分に言い聞かせた。

「昨日、無理にキスしたから……？」

その問いに、陽は首を横に振った。

「それは……関係ないよ。元々の約束は果たしたから。それと、リアムの気持ちは嬉しいけど……私にはそれに応えることはできない。リアムのことは大好きだけど、それは兄さんみたいな気持ちで、それ以上の気持ちは持てないってわかったから……だから、日本に帰ることにしました」

一息に言い切って、陽は深々と頭を下げる。

「すごくよくしてもらったのに……本当にごめんなさい」

ここで、目を逸らしてはいけない。

リアムの顔を正視するのはつらかったが、彼の目を見て、はっきりと断りを口にすべきだと思った。

室内はしん、と静まり返り、ややあってようやくリアムが口を開く。

「陽の気持ちはわかったよ。それでも……僕は陽が好きだ。ずっと好きでいるよ」

「リアム……」

「勝手に好きでいる分には、僕の自由だからね。なにびとにも、人に恋する権利を奪うことはできない、そうだろう?」

故意に冗談めかしてから、リアムは真顔に戻った。

「せめて……空港まで送らせてくれないか」

「ううん……けじめ、つかないから」

かろうじて陽がそう答えた時、迎えに到着したらしいタクシーのクラクションが聞こえた。

「行かなきゃ……リアム、元気でね」

「……ああ、陽も」

泣いてはいけない。

彼を愛していることを悟られないように。

心を残していることを知られないように。

最後まで涙を零さないように、堪《こら》えるのが精一杯だった。

笑顔で別れを告げ、陽はスーツケースを手に迎えに来たタクシーに乗り込んだ。

車窓から、次第に遠くなっていく城を眺める。

――さよなら、リアム……しあわせになってね。

ほかに望むことなど、なに一つない。

祈るのは、ただそれだけだった。

こうして、陽のひと夏のバカンスは終わりを告げたのだった。

◇　◇　◇

日本に戻ってからの日々は、冴《さ》えない気分のまま過ぎていった。

気持ちを切り替え、前向きに進もうと頭ではわかっていても、どうにも力が入らない。

もう二度とリアムには会えない。

その現実はあまりにも重く。

帰国してから三日が過ぎても、陽は落ち込みから脱出できないままだった。

菜穂から借りた服はクリーニングに出し、きちんと手入れしてから返しに行った。

空港で買ってきたお土産を二人に渡すと、さっそくあれこれと聞かれる。

「で？　首尾はどうだったんだよ？」

「……うん、無事役目は果たしてきたよ。いろいろ手伝ってくれて、ありがとう」

礼を言いながらも、ひどく元気がない陽の様子に、晃と菜穂は無言で顔を見合わせている。

「……なぁんか、あんまりうまくいったって雰囲気じゃないけど、大丈夫？」

「……」

「それと、約束の写真……は？」

菜穂に問われ、返事ができずに、陽はうなだれた。

「……ごめん、写真は……もらってくるの忘れちゃって」

本当は、手元に残すとリアムのことが忘れられなくなるから、敢えてもらわなかったのだ。

ホテルでもらったプレゼントも、すべて城に置いてきた。

あのリアムと過ごしたバカンスの日々で、残っているのは思い出だけだ。

やっぱり行かなければよかったのかもしれない。

いらぬお節介を焼いて、結局さらにリアムを傷つけただけだった。

そんな自分が不甲斐なくて、それまで必死に堪えていた涙がぽろりと零れた。

「ごめ……っ」

「ああっ！　い、いいのよ、そんな気にしないでっ」

「そ、そうだぞ、陽。写真なんかぜんぜんいらないんだからなっ」

写真をもらい忘れたことを気に病んで泣き出したと勘違いされ、陽は晃姉弟にさんざん慰められてしまった。

「ただいま」

「おかえり。遅かったのね」

自宅に戻ると、居間にいた祖母が出迎えてくれる。

「うん、晃んとこに行ってた」

「そう。なんだかイギリスから帰ってきてから、元気がないから心配してたのよ？　でも遊びに出かけるようになってよかったわ」

なにげなく祖母に言われ、バレないよう気をつけていたつもりだったのに、と自分の単純さに自己嫌悪に陥る。

「……心配かけてごめんね、お祖母ちゃん」

そう謝ると、祖母は包み込むような笑顔を見せた。

「リアムとなにかあった？」

さりげなく問われ、内心ぎくりとする。

祖母は勘の鋭いところがあるので、もしかしたら気づかれているかもしれない。

そう思ったが。

「……いいんだ。もうけりはつけてきたから」

「そう」

それ以上聞かれると困る、そう思ったのを察したのか、祖母はもうなにも聞かなかった。

「お祖母ちゃんこそ、なんか顔色悪くない？　大丈夫？」

「そう？　今日は納戸の整理をしたから、疲れたのかねぇ」

「そんなの俺がやるのに。あとは俺がやっておくから、早く休みなよ」

「まぁまぁ、嬉しいけど、そんな年寄り扱いしないでちょうだいな。そうそう、いただきもののスイカが……」

台所へ行こうと立ち上がりかけ、祖母はなぜか中腰のまま動きを止めた。

「どうしたの？」

「……なんでもないよ、ただ少し息苦しくて……」

言うなり、胸を押さえてその場に蹲《うずくま》ってしまう。

「お祖母ちゃん⁉」

慌てて駆け寄り、抱き起こすが、祖母の呼吸は浅く苦しげで、尋常ではなかった。

「き、救急車……っ！」

慌てるあまり電話の子機を取り落とし、震える指先でなんとか救急車を呼ぶ。

蹲ったまま動けない祖母の身体にタオルケットをかけ、懸命に背中をさすっているうちに、ようやく救急車のサイレンが聞こえてきた。

玄関から外へ出て救急隊員を誘導し、彼らに状況を説明する。

その間も、あまりに突然の事態に小刻みに両手が震えていた。

意識のない祖母はストレッチャーに乗せられ、玄関から外へと搬送される。

「陽くん、どうしたの⁉」

するとサイレンの音を聞いて飛び出してきたのか、晃の母親が声をかけてくれた。

知った人間の顔を見て、一気に気が緩んでしまう。

「おばさん……お祖母ちゃんが……っ」

言ったきり、言葉が出てこない。

すると祖母を救急車に乗せ終えた隊員が、声をかけてきた。

「ご家族の方、乗ってください」

「は、はい！」

どうしよう、とわたわたしていると、晃の母親が言う。

「家のことは心配しないで。連絡してくれたら、あとで必要なものを届けに行くから」

「う、うん、お願いします……！」

どうやら入院になることを想定し、着替えやタオルのことを言っているらしかったが、陽はまだとてもではないがそこまで頭が回らなかった。

急いで自分も救急車に乗り込むと、車はサイレンを鳴らしながら発進する。

ストレッチャーに乗せられた祖母には、酸素マスクが装着された。

その苦しげな表情に、同乗した陽はいてもたってもいられず、その手を両手でしっかりと握り締める。

「お祖母ちゃん、頑張って……！」

神様、どうか祖母を助けてください。

走る車の中で、陽はただひたすらそう祈り続けていた。


最寄りの救急外来がある大学病院へと搬送された祖母は、翌日精密検査を受け、そのまま緊急入院することになった。

両親にはすぐ電話で連絡したが、帰国できるのが仕事の都合で五日後になるとのことで、医師からの告知を陽一人で聞くことになる。

祖母には元々不整脈と心臓弁膜症の持病があり、長年薬を飲み続けてきたのだが、ここへきて心臓の大動脈の内部が裂けてしまう、大動脈解離を起こしてしまったらしい。

その、裂けた血管を人工血管に置き換える、弓部《きゅうぶ》大動脈置換という手術が必要だと説明され、陽は予想していた以上の悪い事態にぎゅっと唇を噛んだ。

そして、一番知りたい問いを勇気を振り絞って口にする。

「祖母は……助かるんでしょうか？」

「弓部には、脳に続く血管などが分岐するところでもあり、大動脈解離のなかでも最も大変な場所の手術になります。かなり進行していて、早急に手術が必要ですが、手術の成功率は低くなると思われます。ご家族の方々には、一応覚悟をしておいていただけるようにお伝えください」

担当医からの重々しい宣告に、目の前が真っ暗になる。

自分には、祖母のためになにもしてやることができない。

己の無力さを噛み締めながら、茫然自失のままふらふらと祖母の病室へ戻ろうとすると、ふいに誰かに肩を叩かれた。

顔を上げると、晃だった。

「晃……」

「おい、大丈夫か？　おまえのが病気みたいな顔してるぞ。おふくろから、今病院だって聞いたからさ。お祖母ちゃんの具合どうだ？」

晃はわざわざ見舞いに来てくれたらしく、花束を持っていた。

「わざわざ、ありがと……」

気心の知れた幼馴染みの顔を見た途端、気が緩んでしまって、陽は今まで堪えてきた涙をぽろりと零してしまう。

「お、おい……」

「成功率、低い手術しなきゃいけないんだって……っ。晃、お祖母ちゃん死んじゃったら、どうしよう……っ」

それまで必死に堪えていた分、涙は後から溢れて止まらなかった。

「しっかりしろ、おまえが取り乱してどうすんだ。大丈夫、きっとお祖母ちゃんは助かるから……っ、な?」

「……うん」

晃に宥《なだ》められ、陽は祖母の前で泣き顔を見せてはいけないと必死に自分に言い聞かせた。


それから数日して陽の両親が一時帰国し、三人で祖母の元を訪れた。

「心配かけて悪かったねぇ、遠いんだからわざわざ戻ることなかったのに」

ベッドの上の祖母はだいぶ顔色もよく、今のところ容体は安定している。

だが、手術を早く決断しなければならないことに変わりはない。

「なに言ってんだ、おふくろ。親子なんだから、こういう時くらい甘えてくれよ」

「そうですよ、お義母《かあ》さん」

そのことは既に両親にも説明済みだったが、二人は祖母に気取られまいと故意に明るく振る舞っていた。

祖母の顔を見た後は、担当医に話を聞くために一旦病室を出る。

「で、どうだったの？　N大の心臓外科の先生は」

「それがな……手術待ちの患者が多くて、最短で半年待ちだそうだ」

父は会社関係の知り合いのツテを頼り、あちこちの病院を探したが、いずれも芳《かんば》しい返事は得られず落ち込んでいた。

そのN大の医師が、最後の希望の綱だったのに。

「そんな……お祖母ちゃん半年も待てないよ」

もちろんこの病院でも手術はしてもらえるだろうが、成功率の低い手術と言われたからには、少しでも腕のいい名医に手術してもらいたい。

そんな思いが強かった陽は、がっかりした。

と、落胆した気分で担当医と面会した三人だったが、事態は思わぬ展開を迎えていた。

「朗報ですよ。S大付属病院のT先生が、急きょ手術を請け負ってくださるそうです。すぐ転院の準備をしてください」

「え⁉　T先生、ですか⁉」

父も、呆気に取られている。

驚くのも無理はない。

日本でも五本の指に入ると言われる心臓外科の権威で、普通だったら一年待ちとも噂《うわさ》されるほどの人物なのだ。

三人とも狐につままれたような気分のまま、とにかく言われるままに転院手続きを済ませる。

こうして祖母はS大付属病院へと転院したが、そこでもまた驚くべき厚遇が待ち構えていた。

祖母は病院で一番豪華な特別室に入れられたのだ。

「ちょ、ちょっと待ってください、特別室の個室代なんて、うちでは払いきれません。ほかの病室は空いていないんでしょうか？」

父が青くなって確認すると、受付嬢はにこやかに答えた。

「ご心配には及びません。個室料はすべて前納でいただいております」

「え、ええっ⁉」

さらに不可解な事態に、陽親子は顔を見合わせる。

「い、いったい誰が？」

「申し訳ありません。先方様のご希望で、お名前をお教えすることはできかねます」

「……そうですか」

そんなことをしてくれそうな親戚《しんせき》、知人などの心当たりはさっぱりないと両親は首を捻《ひね》るばかりだ。

だが、陽には一人だけ心当たりがあった。

――まさか……？

脳裏をよぎるのは、リアムの顔。

だが彼が祖母の入院を知るはずがない。

これはいったい、どういうことなのだろう……?

いくら考えてもわからなかった。


悩んだ末、陽はその晩パソコンに向かってT医師の経歴を調べた。

予想していた通り、医師はイギリスの有名大学の医学部を卒業していた。

――やっぱり……。

リアムの一族がどれほどの力があるのかはわからないが、大学経由の知人を通し、医師に交渉するというのはあり得ない話ではない。

さんざん迷ったが、陽はリアム宛《あて》のメールを書いた。

祖母が入院したこと、その手配をしてくれたのは、もしかしてリアムではないのか、ということ。

本当のことを教えてほしいと書いたが、結局リアムからはなんの返事もなかった。

だが、その返事がないという事実が、やはりあれはリアムの手配だったのではという確信を深めた。

このまま彼の好意に甘えてしまって、いいのだろうか……？

悩んだものの、祖母にとってはこの好機を逃すことはできなかったので、結局陽は両親に、手配してくれたのはおそらくリアムであること、イギリスで彼の頼まれごとを聞いたので、これはお礼のつもりなんだと思うと説明した。

両親もそれで一応納得してくれたので、祖母は予定通り緊急手術を受けた。

祈るような思いで付き添った陽だったが、幸い手術は成功した。

ほっとした陽は、さっそくリアムにメールを書いた。

祖母の手術が成功したこと、なにもかもリアムのおかげで、心から感謝していることを、とにかく伝えたかった。

それと、将来いつになるかはわからないが、今回の個室代金等は少しずつでも返していきたいと思っている旨を書き添える。

そのメールにも返事はなくて。

そこまで嫌われてしまったのかと思うと、さすがに胸が痛んだ。

——なにショックを受けてるんだ……俺はリアムを手ひどくフッたんだ。これくらいの対応をされるのは覚悟の上だったじゃないか。

あんなによくしてもらったのに、彼の求愛をすげなく断り、バカンス途中で一方的に帰国してしまった。

そんな自分に、リアムはまた返しきれないくらいの大きな恩を与えてくれた。

どうやって恩返しをしていいのか、思いつかないほどだ。

数日悩んだ末、陽は決意する。

――返事もらえなくても、お祖母ちゃんのことはできるかぎり報告しよう。

メールならば疎ましければ読まずに捨てるという選択もできるのだし、陽の気持ちとしては祖母のことを気にかけてもらって嬉しかったので、報告だけはさせてほしかった。

こうして、陽の一方通行のメール送信は始まった。

迷惑にならないよう、数日に一度程度、祖母の容体を報告する。

ついでにその日あったことや、他愛のない話も書く。

返事がこないとわかっていると、不思議に素直に思っていることをそのまま伝えられる気がした。

思えばこんな風に、男とか女とか意識せずリアムに向き合うのは初めてかもしれない。


そうして瞬く間に一カ月が過ぎ、祖母の退院の目途《めど》も立った。

もうすぐ、リアムにメールする口実がなくなってしまう。

その現実は、陽を落ち込ませた。

いつしか返事のこないメールを書き続けることは、誰にも見せない日記に本心を吐露するようなもので、陽の生活の一部になっていたのだ。

「経過も順調で、本当によかったわねぇ。これもリアムさんのおかげね」

「……そうだね」

なにも事情を知らない母は、ただ単純にリアムに感謝している。

「一度、きちんとお礼をしないと。リアムさんは日本に来る予定はないの？」

「……ないと思うよ。仕事忙しいみたいだから」

「そうなの、困ったわねぇ。パパと相談しなきゃ」

父は仕事があるので一旦オーストラリアへ戻ったが、母は手術以降ずっと家に残ってくれていた。

「でもよかった。ずっと日本本社へ転属願を出していて、やっと来年異動が決まったとこだったのよ。お祖母ちゃんのことも心配だし、ちょうどいいタイミングだったわね。まぁ、母さんはお祖母ちゃんの容体が安定するまで、このまま当分こっちに残るけど」

「……うん」

両親が日本に戻ってきてくれるのは陽も心強かったので、頷く。

「あら、出かけるの？」

「うん、ちょっとお祖母ちゃんの顔見てくる。大学始まったらあんまり行けなくなるし」

夏休みも、もう終わりだ。

新学期を前に、陽は一番特別だった今年の夏を思い返していた。

脳裏をよぎるのは、リアムとの楽しかった日々のことばかりで。

思い出すだけでつらくなる。

「夕ご飯までには戻ってらっしゃいよ」

わかったと返事をして、陽は浮かない気分のまま家を出る。

するとちょうど向かいの家から晃が出てくるところに出くわした。

「お、陽じゃんか」

「あ、晃。こないだはお見舞いありがとな」

病院で会って以来だったので、とりあえず見舞いの礼を言う。

「なに言ってんだ、俺らの間で水臭いぜ」

近くのコンビニに買い物に行くというので、付き合って並んで歩き出す。

するとすぐ近くから工事の物音が響いていて、二人は足を止めた。

業者が入っていたのは、リアムの屋敷だったのだ。

長年手つかずのまま放置されていた建物内に、内装業者が入っているらしく屋敷の前にはトラックが停まっていた。

「もう工事始まってんな」

「……リアムのお屋敷、どうなるの？」

「ああ、新しい持ち主が更地にしてマンション建てる予定だったみたいだけど、どういう事情かまた転売して別のオーナーが買い取ったらしいな」

と、晃は相変わらず事情通だ。

「……へぇ」

リアムとの思い出のお屋敷が他人のものになってしまうのは、寂しい。

けれどマンションになってしまうよりは、このまま住んでくれる人に買い取ってもらえたのは幸運だったのかもしれないと思うようにした。

「急ピッチで改装してるみたいだから、新しい持ち主が引っ越してくるのも近いんじゃないか」

「そうだね」

コンビニ前で晃と別れ、陽は電車に乗る。

病院への通い慣れた道すがらも、考えるのはリアムのことばかりだ。

こんなにも、リアムを恋しいと思うようになるなんて。

自分でもとまどうほどだった。

――俺はやっぱり、リアムに恋してたのかな……？

一生叶うことのない、言葉に出すこともなく終わった片思い。

だが、それで本当にいいのか……？

後悔はしないのか……？

陽は次第にそんな疑問を抱くようになった。

この一夏、悩み抜いた結果、今まで言えなかった真実を告げて謝罪し、その上で自分の本当の気持ちを伝えたい、そう考えるようになったのだ。

だが、いざとなると勇気が出ない。

それに既に無視されているのに、わざわざこれ以上嫌われるような真似をする必要もないようにも思われた。

そんなことを考えながら、いつものように祖母の病室に顔を覗かせる。

「お祖母ちゃん」

「あら、また来てくれたの？」

「うん、顔見に来た」

術後の経過も良好で、祖母はリクライニングベッドを起こして雑誌を読んでいた。

食事制限はなかったので、陽は途中で買ってきた祖母の好物のいちご大福を差し出す。

お茶を淹れ、二人で仲良くそれを頬張った。

「もうすぐ退院だね。よかったね」

「ええ、それも陽たち皆と……リアムさんのおかげだわ」

リアムの名が出て、陽は大福を皿に戻す。

「……リアムのとこのお屋敷、今工事してるんだ。もうすぐ新しい持ち主が引っ越してくるかもしれないいんだって」

「そう。どんな人たちが住むのかしらね」

少し迷った後、陽は思い切って切り出す。

「お祖母ちゃん、俺……言わない方がいいってわかってるけど、でもどうしてもその人に言いたいことがあるんだ。そういう時って、どうしたらいいと思う？」

すると、祖母の回答は単純明快だった。

「言いたいことがあったら、誠意を持って相手に伝えることよ。言葉に出さなければ、伝わらないことはあるんだから」

「……それで嫌われるって、わかってても？」

「陽は伝えたいと思ったんでしょう？　だったら、言わないで後で後悔するよりは、よっぽどすっきりするんじゃない？」

「……うん」

祖母に相談に乗ってもらえて、少し気分が浮上する。

「ありがと、お祖母ちゃん」

その晩、陽は早々に自室に籠るとビデオ撮影の準備を始めた。

本当は直前まで迷い、ためらいはあったが。

もうリアムには返事もしてもらえないほど嫌われてしまっているのだから、これ以上彼を不愉快にすることもないだろうと必死に自分を鼓舞する。

そうでもしないと、到底告白などできなかった。

女装ではなく、普段の姿のままで陽は一つ深呼吸し、録画スイッチを入れた。

「多分、これが最後のメールになると思います。今日は最後に、どうしてもリアムに伝えたいことがあってこの映像を撮影しました」

カメラに向かい、そのレンズの向こうにリアムがいるのだと想像しながら語りかける。

そして、まずは一番に謝らなければならないことを思い切って切り出した。

「俺……本当は女の子じゃなくて、男なんだ。ずっと騙しててごめんなさい……っ！」

本当に申し訳なくて、カメラの前で深々と頭を下げる。

そして、祖父の信じる迷信のせいで、小学校に上がるまでは女の子として育てられ、自分もそう信じていた経緯を説明した。

「俺が女の子だってリアムが信じきってたから、なかなか言い出せなくて。メールと電話だけのやりとりだったからバレなかったし、時間が経ったらますます言えなくなっちゃってて……ごめん、なにを言っても言い訳だよね……それで、リアムに恋人役を頼まれて、リアムの役に立てるならと思って、また嘘の上塗りをしちゃった。本当に……ごめん」

いくら謝っても、謝り足りない。

「俺が男だったら、リアムが好きになってくれるわけないのはよくわかってる。でも……日本に帰ってきてからもずっと、リアムのことばっかり考えちゃってるんだ。リアムに会いたくてたまらなくて……俺、男なのにおかしいのかもしれないけど、リアムのこと……好き、みたい」

ついに言った。

言ってしまった。

もう取り返しはつかないと、陽は覚悟を決めた。

「ごめん、こんなこと言われて迷惑だよね。ただ俺が言いたかっただけなんだ。ひょっとしたらこのメールも見ないで削除されちゃうかもしれないし、そしたらそれはそれでいいかなって。あれ、俺なに言ってんだろ。と、とにかくっ、いろいろ迷惑かけてごめんね。もうメールも、これで終わりにするから。一緒に過ごした夏休み、本当に楽しかった。いろいろありがとう」

だんだん混乱してきたので、そこで録画を止めてほぅ、とため息をつく。

後悔が押し寄せる前に、急いでその画像をメール添付し、リアムに送信してしまう。

ついにやった、やってしまった。

でも自分でこうすると決めたのだから、もう後悔はしないようにしよう。

そう心に決めながらも、陽はもしかしたらこのビデオメールを見たリアムが返事をくれるのではないかと心のどこかで期待し、その晩はなかなか寝つけなかった。

たとえ怒っていてもいい、返事が欲しい。

そんな思いで何度もベッドから起き出してはパソコンを立ち上げ、メールをチェックする。


だがやはり、リアムからの返信はついになかったのだった。

◇　◇　◇

翌日は、母が父の様子を見にオーストラリアへ向かう日だった。

朝からバタバタとスーツケースに荷物を詰め込み、母は慌ただしく玄関へ向かう。

「お祖母ちゃんの退院日には間に合うように戻ってくるから」

「うん、わかった。父さんによろしくね」

「一人でもごはんちゃんと食べるのよ」

実に母親らしい一言を残し、彼女はタクシーで空港へと向かって行った。

それを見送った後、裸足《はだし》にサンダル履きの陽はなんとなくぼんやりと縁側に腰を下ろす。

久しぶりに一人になった家の中はしん、と静まり返っていて、残暑の中鳴く蟬《せみ》の声だけがこだましていた。

夏が、終わる。

生まれて初めての恋をして、実らぬまま終わった思い出の夏。

陽はだらしなく縁側に寝そべり、空を見上げた。

メールを見たのか見ないのかは定かではないが、リアムは返事をくれなかった。
告白、しなければよかったのだろうか？
そう後悔しかけるけれど、これでよかったんだとも思う。
徹底的に嫌われた方が、却《かえ》ってあきらめがつくというものだ。
「どうせ嫌われてたんだから、大してダメージは変わんないよ。だから大丈夫」
自分を慰めるために、そう独り言を呟く。
実に救いのない、慰めだったが。
仰向けに横になったまま、陽は手のひらでそっと縁側の木の感触を楽しむ。
この縁側で、幼いあの日、リアムの膝の上で絵本を読んでもらった。
祖母の握ってくれたおにぎりやスイカを一緒に食べた。
もう二度とは戻らない、懐かしい思い出の日々。
そして……古城で過ごした、二人きりのバカンスとリアムの笑顔。
彼との……初めてのキスの感触。
「会いたいよ……リアム」
そう呟くと、それまでずっと堪えていた涙がぽろりと零れた。
——今は一人だから、泣いてもいいよね……？
リアムが恋しい。

会いたくてたまらない。

けれどもう、一生会うことは叶わない。

そんな現実が悲しくて、つらくて。

陽は声を上げて泣いた。

と、その時。

「僕もだよ、陽」

忘れもしない声がすぐそばで聞こえて、陽は顔を覆っていた手をおそるおそる退《の》けてみた。

庭先に立っていたのは、今ここにいるはずのない人。

「ごめん、勝手に入っちゃって。玄関ポーチが開いてたものだから」

と、声は続く。

リアムは今、ロンドンにいるはずだ。

そう、これはきっと、自分が見ている都合のいい幻覚なのだ……。

そう納得し、陽は再び縁側で横になったまま身体を丸めて蹲る。

すると。

「聞いてる？　陽」

再び声をかけられ、びくりと震えた。

どうしよう。

幻覚に幻聴まで聞こえてしまうなんて、自分はどうにかなってしまったのだろうか？

「……本物のリアム……なの？」

おずおずそう話しかけると、幻覚のはずのスーツ姿の彼は歩み寄り、縁側の陽の傍らに腰掛けた。

「本物じゃなかったら幽霊かい？」

リアムが言って、右手を差し出す。

跳ね起き、おっかなびっくり手で触れてみると、そこには確かな人肌の温《ぬく》もりがあった。

「……どうして……？」

なぜ彼がここにいるのか、まだ陽の混乱した頭は現実を受け入れられない。

するとリアムは優しく微笑んだ。

ずっと見たかった、彼の笑顔に胸がぎゅっと締めつけられる。

「あんな告白聞かされて、僕が会いに飛んでこないとでも思ったの？」

「だって……メールの返事、くれなかった……っ」

ずっとずっと、嫌われてしまったと思っていた。

その悲しさと苦しさが一気に胸に蘇《よみがえ》ってきて、半べそをかきながらつい恨み言を言ってしまう。

「ごめん。陽の本当の気持ちを確かめたかったんだ。僕をどう思っているのか、ちゃんと自分の気持ちと向き合ってほしかった。それに……やりとりを再開してしまったら、今すぐきみを攫《さら》いに行きたくなってしまうから」

つらい思いをさせてごめんね、と耳元で謝られて。

ついに陽の涙腺《るいせん》は決壊してしまう。

「でも、僕だって返事をしないのは死ぬほど苦しかったんだよ?」

「う……うぅ〜っ」

子供のように泣きじゃくる陽を、リアムは優しく抱きしめ、宥めるように背中を撫でてくれた。

「お願いだから泣きやんで。僕は陽の涙にとてつもなく弱いんだ」

リアムのワイシャツがぐっしょりになるほど泣いて。

ぐすん、と鼻を啜《すす》り、ようやく陽は上目遣いに彼を見上げた。

「……俺の告白、聞いた?」

「ああ、もちろん」

「……怒ってる?」

「怒ってないよ」

「どうして?」

「そりゃあ、少しはびっくりしたよ。でも男の子の陽が、それでも僕を好きだって言ってくれたことの方が嬉しかったかな」

「リアム……」

「男でも女でも、そんなことどっちでもいいんだ。どっちだって、僕はきっと陽を好きになったと思うから。だから、前にした告白、取り消す気はないから」

きっぱりとそう言い切ったリアムを、陽は茫然と見上げる。

「……嘘」

「どうしたの？」

「……まさか、リアムがそんなこと言うと思ってなかったから、どうしよう」

と、本気で狼狽えている陽に、リアムがくすりと笑う。

「完全に振られるのを前提で告白したの？　陽のそういうところも大好きだよ」

「だ、だって……」

「キスしていい？」

優しく問われ、どくんと鼓動が高鳴る。

声にならず、こくこくと頷くと、リアムの端整な美貌が間近に迫ってきて……陽はぎこちなく目を閉じる。

唇に触れる、柔らかい感触。

今、リアムとキスしているのだと、ようやく実感が湧いてきて、胸にじわじわと愛おしさが広がる。

「僕も陽が帰国した後、おかしくなりそうなくらい寂しかった。無理やりにでも引き留めればよかったと、何度考えたかわからない。会いたくてたまらなかったよ」

ああ、やっと願いが叶った、と呟き、リアムが一層陽を抱く腕に力を込めてくる。

だから陽も、彼の背中に両手を回してぎゅっとしがみついた。

「会いに来てくれて……ありがと」

もう一生会えないかもしれないと思っていた彼に、会えた。

その上男の自分でも好きだと言ってもらえて。

ほかにはもう、なにもいらないと思った。

「陽……」

リアムの、切羽詰まったような表情が印象的で。

間髪を入れず再びせわしないキスを繰り返しながら、陽は縁側へと押し倒される。

「もう待たない。今すぐ陽を抱くよ。いいね……?」

リアムも余裕がないらしく、その場でネクタイを緩め始める。

その直接的な宣言に、陽はパニックに陥った。

「で、でも……俺、男だよ?」

などと、思わずそんなことを念押ししてしまう。

「大丈夫、僕に任せて」

と、そのまま縁側で押し倒されそうだったので、陽は慌てて彼を押し止めた。

「あの……っ、外だと見られちゃうから、俺の部屋へ……」

「……ああ」

二人はしっかりと手を繋ぎ、階段を上って二階にある陽の部屋へと向かう。

――ど、どうしよう……っ、心の準備が……！

リアムのことは大好きで、こうなることにためらいはない。

だが、ついさきほどまでまったく予想していなかった展開なので、陽はまだこれが現実だとは受け止められずにいた。

陽の部屋へ入ると、いやが上にも自分のベッドの存在が視界に入り、思わず目を逸らす。

がちがちになっている陽の緊張を解くために、リアムは優しく彼を抱き寄せた。

「こういうことは初めて……？」

さりげなく問われ、陽は恥ずかしかったが素直に頷いた。

「慣れてなくて、ごめんね」

「嬉しいよ、陽の初めてをもらえて。もっとも、もうほかの誰にも触れさせる気はないけどね」

そこから先はじゃれ合うようなキスを繰り返しながら、再び彼らの抱擁は熱を取り戻す。

キスの余韻にぼうっとしているうちに、陽はリアムの手によって生まれたままの姿にされ、ベッドに横たえられていた。

「……ぁ……っ」

胸の尖《とが》りを唇で食まれ、びくりと身を震わせる。

今まではその存在すらほとんど意識したこともなかったそれが、リアムの愛撫によって感じる器官へと作り変えられていく。

「……ぁん……っ」

軽く歯を立てられ、電流が走ったような刺激に陽は頤《おとがい》を反らせた。

どこを触れられても、過敏に反応してしまう。

だが嫌悪感は微塵《みじん》もなく、ただ悦《よろこ》びだけが陽を満たした。

「リアム……っ」

彼の愛撫は入念で、まるで陽の髪の先一筋から爪先《つまさき》までを味わい尽くすかのように全身を浸食していく。

こんなに深く、激しく、他人から求められたことはなかった。

戸惑いながらも、陽はぎこちなく歓喜に震え、官能に目覚め始める。

「は……ぁ……っ」

どこに触れられても、怖ろしいほどに感じてしまう。

まるで全身の神経が剝《む》き出しになってしまったかのようだ。

きっと、こんな風になってしまうのは、相手がリアムだから。

すっかり昂《たかぶ》ってしまった下肢を隠そうとしたが、一瞬早くリアムに阻止されてしまう。

「可愛いな。僕に触れられて、こんなになってしまったの？」

「ゃ……っ」

恥ずかしいから見ないでと哀願したが、リアムは許してくれず、あろうことか舌と唇での愛撫を開始する。

「は……ぁう……っ！」

愛おしげに含まれ、丹念に刺激されて。

想像を絶する快感に悲鳴のような声が漏れてしまった。

「それ……駄目……っ」

喘《あえ》ぎながら、なんとか彼の頭を押しやろうと抵抗しようとするが、すでに全身の力が入らない。

快感に慣れていない身体はあっさりと暴発してしまいそうで、陽は必死に歯を食いしばった。

今にも弾けてしまう、寸前。

ようやくリアムが愛撫を中断し、彼の口を汚さずにほっとしたが、それは甘かった。

「ひゃ……っ！」

なんと、彼の舌と唇は、今まで誰にも触れられたことのない奥の蕾《つぼみ》へと及んだのだ。

「や……リアム……っ」

大きく下肢を開かれ、あられもない恰好を取らされて、陽は羞恥《しゅうち》と快感にただ喘ぐしかない。

そんな陽に、リアムは宥めるように口付けを繰り返しながら囁いた。

「力を抜いて」

「ぁ……ん……っ」

唾液の助けを借りて、リアムの指が慎重に内へと入ってくる。

初めて味わう異物感に思わず背筋をしならせ、彼の肩にしがみつくと、リアムも空いた腕でしっかりと陽を抱きしめてくれた。

彼の指が内で蠢《うごめ》く度に、くぷ、と濡れた音が聞こえて、陽は羞恥に唇を噛み締める。

消え入りたいほどの羞恥とは裏腹に、身体は反比例して熱を上げていく。

リアムと触れ合った肌が熱くて。

この熱をどうにかしてほしい。

だが、経験のない陽には、なにをどうすればいいのかよくわからなかった。

「リアム……っ」

ほかになすすべもなく、彼の名を呼ぶ。

「いい……？」

「……うん」

覚悟を決めて、こっくりし。

陽はなるべく全身の力を抜き、彼の訪《おとな》いを待った。

「……っ！」

リアム自身は彼の体格に見合った大きさで、その圧迫感はかなりのものだった。

が、その痛みとは裏腹に、深い充足感が陽を満たしていく。

「は……ぅ……っ」

「ごめん、苦しい……？」

気遣うように眉を顰めたリアムの顔が、すぐ手の届くところにある。

「……うん」

痩せ我慢で微笑んでみせて、陽は両肩で吐息をつきながらその頬に触れた。

「大丈夫だから……して」

「陽……っ」

そのけなげさに打たれたのか、リアムが慎重に律動を開始する。

だが、その衝撃は想像以上で。

「あ……ぁぁ……っ！」

無意識のうちに、彼の背に爪《つめ》を立てていることすら気づかなかった。

「できるだけ力を抜いて。ゆっくりするからね」

耳元であやされ、こっくりする。

「……は……ん……っ」

初めは、正直ただ苦しいだけだった。

だが、リアムが内をゆっくりと探るように動き、ある一点を掠《かす》めると、途端に電流にでも触れたような衝撃が走った。

「ぁ……ん……っ」

反射的に、自分でも驚くほど甘い声が漏れてしまう。

それが快感なのだと自覚するまでに、しばらく時間がかかった。

「それ、なに……?」

「男にも、よくなる個所はあるんだ」

ここがいいんだね、とリアムは嬉しそうに同じところをじっくりと攻めてくる。

「や……それ……ひゃ……ぅ……っ」

そうされると、声が止められない。

逞《たくま》しく引き締まったリアムの腹筋に擦《こす》り上げられ、内と外からの刺激で陽の屹立《きつりつ》は痛いほど張り詰めていた。

思わず手の甲で口を押さえると。

「我慢しないで、陽の可愛い声聞かせて」

リアムにねだられる。

「で、でも……は……ぁ……っ」

頭の中が真っ白になり、なにがなんだかわからなくなる。

汗に濡れ、滑る両手で、陽は必死にリアムの首にしがみついた。

「怖い……っ」

自分の身体がどうにかなってしまいそうで。

生まれて初めて味わう官能の波に攫われ、陽は未知への恐怖と不安に戦《おのの》いた。

「大丈夫、なにも怖くない。僕がそばにいるよ」

そう言うと、リアムが指先を絡めるように陽の手を握ってきた。

そうだった。

これは一人ではできないこと。

どうなろうと、リアムと一緒なのだと思うと、不思議なほど落ち着いてきた。

すると、一番気になっていた問いを口にする余裕も生まれる。

「リアムも……気持ちいい？」

「ああ、気持ちいいよ」

欲望に掠れた声音が、ぞくっとするほど色っぽくて。

ならよかった、とほっとした。

慣れていない自分が相手では、つまらないのではと内心案じていたのだ。

「陽、愛してるよ」

「俺も……っ」

無我夢中で喘ぎ、そして限界まで激しく揺さぶられ、最奥《さいおう》を穿《うが》たれた。

「あ……ぁぁ……っ！」

しあわせの絶頂の中、陽は絶え入るような悲鳴と共に達していた。


「大丈夫……？」

「……うん」

嵐のようなひと時が過ぎ、まだ呼吸も整わない二人は狭い陽のベッドの中で身を寄せ合う。

「ベッド、狭くてごめんね」

「いいさ。こうして陽とくっついていられる」

まだ離れ難《がた》くて、陽は彼の広い胸に鼻先を擦り寄せた。

「あのさ、ずっと気になってたんだけど」

「うん？」

「リアム、荷物はどうしたの？」

「それがあんまり慌てていたものだから、手ぶらで来ちゃったよ。どこかで買えばいいかと思って飛行機に飛び乗ったんだが、結局買い物する時間も惜しくて成田からここに直行しちゃったし」

　着替えをどうしよう、とリアムが真顔で困っているので、そんな彼を見たことがなかった陽はつい笑ってしまう。

「父さんの服ならなんとか着られると思うから、大丈夫だよ。歯ブラシとか下着も買い置きあるし。そんなに急いで来てくれたの？」

「ああ、ロンドンから陽に向かって一直線だ」

「俺も、ゆうべは人生最大の失恋で眠れなかったのに、今日はその相手のリアムとこんなことしてるなんて……急転直下の展開だよ」

「お互いに忙しい二日間だったね」

　と、顔を見合わせて笑う。

　それからリアムが身体を洗ってあげると言い出し、陽は恥ずかしがったが押しきられて一緒にシャワーを浴びた。

　祖母が父用に仕立てた浴衣が一度も袖を通さずしまってあったので、陽はそれを引っ張り出し、帯を結んでやる。

　長身で足の長いリアムには少し短かったが、彼はご満悦の様子だ。

「涼しくて着心地がいいね」

「すごく似合ってるよ」

陽はTシャツに短パンという恰好で、湯上がりの二人は縁側で涼みながら冷たい麦茶を飲む。

リアムの浴衣がはだけ、思いのほか筋肉質な胸元が覗いている。

ついさっきまで、この逞しい胸に抱かれてたのだと思うと、目線のやり場に困って陽はうつむいた。

「なんだか、まだ夢みたい……」

「僕もだよ。だが、これは夢じゃない」

言いながら、リアムが腕を伸ばして陽の腰を抱き寄せる。

彼の胸に背中を預ける恰好で密着すると、落ち着いたはずの心拍数は容易《たやす》く急上昇してしまった。

「可愛い、僕の陽……もっとよく顔を見せて」

「は、恥ずかしいよ……っ」

わずかに抵抗したものの、結局頤を指先で捕らえられ、情熱的なキスをお見舞いされてしまう。

長い長い、キス。

だが、いくらしてもし足りない気分だった。

――でも、これから先はまた離れ離れなんだよな……。

取るものもとりあえず飛んできてくれたが、二人が遠距離で暮らしている現実に変わりはない。

想いは通じ合っても、またなかなか会えない生活に戻るのかと思うと、早くも心が塞いだ。

だが。

「すまない、今回はいきなり来てしまったからすぐ戻らないとまずいけど、必ずまた日本に来るから」

抱き寄せた陽の髪を優しく指先で梳《す》きながら、リアムが言う。

「え……?」

一瞬聞き間違いかと思い、陽は思わず背後の彼を振り返ってしまった。

「実は前々からうちのデパートの支店を日本に出店させる計画が進んでいてね。そこの統括を任せてもらえるように、いろいろ根回ししていてやっとそのメドがついたんだよ。もうとっくに建設は進んでいる。実際のオープンは来年になるけど、準備やらなにやらいろいろあるから、僕ももうすぐ日本に移り住むから」

「それじゃ……!?」

「ああ、日本で、陽のそばで暮らせるんだよ」

「ほんとの、ほんと?」

「ああ、ほんとのほんとだ。その証拠に、新居も用意した」

と、リアムは壁の向こうを指差す。

しばらく意味がわからなかったが、そちら側にリアムの屋敷があったことを思い出し、陽は絶句する。

「ひょっとしてリアムのお屋敷を買い取ったのって……？」

「僕だよ。母が売ってしまったから一旦人手に渡ってしまったけれど、買い戻したんだ。あの屋敷は僕と陽の思い出の場所だからね。これでいつでも会えるだろう？」

「リアム……っ！」

本当にまだ信じられない。

嬉しくて、嬉しくて。

陽は思わず彼の首に抱きついてしまう。

「なにもかも……ほんとに夢みたい」

「これは現実だよ。これから僕たちの未来が始まるんだ」

だが、爵位を継ぐ跡取りとして期待されているリアムが、突然日本へ行ってしまうとなれば当然反対されるのではないか。

「でも……お父さんやご家族は納得してくれてるの？」

陽がそう危惧《きぐ》すると。

「確かに爵位を放棄するのはいろいろと煩雑な手続きがあって、難しいんだ。だから爵位は継ぐことにはなるけど、継いだからといって外国で暮らせないというわけじゃない。父は時間をかけてでも、必ず説得するから」

「リアム……」

「陽、僕はずっとあの家に居心地の悪さを感じていたけれど、だから日本に逃げてくるわけじゃない。愛する人のそばにいたいからなんだよ。だから僕は今とてもしあわせなんだ」

きっぱりとそう言い切ったリアムの表情は、本当にしあわせそうで。

見ているこちらまで、ほんのりと胸が温かくなる。

互いの体温を感じているだけでも至福のひと時で。


その晩二人は、夜が更けるまで片時も離れることはなかった。

◇　◇　◇

さすがに陽のベッドで朝まで眠るのはきついので、その晩は客間に客用布団を二組並べて敷き、二人で一緒に眠った。

腕の中で安心しきった様子で眠る陽の寝顔を、リアムは飽きることなく眺めて過ごす。

別れまでのわずかな時間も惜しくて、眠るなどとてもできなかった。

が、時は無情にも流れ、夜は白々と明けていく。

「……おはよ」

「おはよう、僕の可愛い人」

「布団、背中痛くなかった？」

まず真っ先にそう尋ねてきた、そんな細やかな恋人の気遣いが嬉しい。

「大丈夫だよ」

リアムは少しだけ寝癖のついた彼の髪を撫でてやった。

その感触が心地いいのか、陽もうっとりと目を閉じ、そして呟く。

「……起きたくない」

どうしても今日帰っちゃうの？　と見上げる可愛い恋人の瞳が『行かないで』と訴えている。

帰りたくないのは、リアムも同じだった。

だが、社会人には事情があるものだ。

ぐずる陽を宥めすかし、飛行機の時間が迫ってきたので急いで身仕度を済ませる。

それから陽が作ってくれた、簡単な朝食を一緒に摂った。

とはいえ座卓に正座が苦手なリアムのために、二人縁側に並んで陽が握ったおにぎりを頬張る。

「子供の頃みたいだね」

縁側でサンダル履きの足をぶらぶらさせながら、陽が言う。

そんな仕草までたまらなく可愛くて、リアムはこの愛らしい青年が自分のものになった幸福を嚙み締める。


「陽、ここまででいいから」

「やだ。空港までついてく」

別れがつらくなるから、と見送りは辞退しようとしたが、陽は頑として聞かない。

すぐに会えるようになるとわかっていても、やはり別れはつらい。

もう一分一秒ですら離れていたくないと願ってしまう。

そんな陽の気持ちが痛いほど伝わってきて、リアムはその頬に手を触れた。

「そんな顔しないで。別れがつらくなる」

「……うん」

「すぐまた会えるよ。約束する」

「……ほんとに？」

「ああ、本当だ」

離れ難く、その柔らかい髪に何度もキスをする。

「……今、タクシー呼んだから、もうすぐ来ると思う」

「ああ、ありがとう」

「リアム……」

わずかに涙ぐむ陽の顔を見ると、やはり帰りたくなくなった。

と、その時。

ふいに腕の中の陽がリアムから距離を置く。

なにごとかと振り返ると、家の前には一人の青年が立っていた。

「あ、晃……これは……っ」

陽が言い訳にへどもどしていると、晃が右手でそれを制する。

「なぁに、だいたいの事情は知ってるから俺のことはお気になさらず。そうか、そういうことになったのか。よかったな、陽」

と訳知り顔で言われ、陽は耳まで紅くなっている。

もともと照れ屋の陽は、こうしたことも慣れていないので、いざ面と向かって言われると恥ずかしさに居たたまれなかったのだろう。

「あ、あの……俺、戸締まりもう一回確認してくる！」

そう早口で言って、裏口に向かって駆け出していく。

残されたリアムは、晃に向き直った。

「僕の陽を、あまり困らせないでくれる？」

子供の頃、顔を知っている程度の仲とは思えないほど砕けた口調で、そう釘《くぎ》を刺す。

「いやぁ、すいません。お二人があんまりアツアツだったんで、ついからかいたくなっちゃって」

と、晃も軽い調子でそれを受けている。

「お帰りなさい、リアムさん。ついに念願叶ったみたいですね」

「ああ。きみには世話になったね」

「十四年……でしたっけ？　それだけ長い時間をかけた壮大な計画が、今実ったんですね、なんか感動だなぁ」

　言いながら、晃が近付いてきて。

　そして、おもむろに尋ねた。

「陽には打ち明けたんですか？　最初から男だって知ってたこと」

　その問いに、リアムは優雅に微笑む。

　陽の前ではただただ優しい貴公子の顔が、一瞬にして策士のそれに変わる瞬間だ。

「いや。必要ないと思ってね」

「はは、その方がいいかもですね。でも陽が鈍《にぶ》くてよかったですよ。あいつ、自分のことぜんぜんモテないって思ってるんですよ？　中学、高校と陽にちょっかい出そうとするのは、男も女もすべて俺が撃退してたの知らないから。まさに知らぬは本人ばかりなりってやつです」

　純粋培養で恋愛ごとには疎そうな陽なら、確かにその通りだろうとリアムは苦笑する。

「そのおかげで陽の貞操は守られたわけだからね。きみには本当に、いくら感謝してもし足りないよ。今回の衣装の件でも、よくお姉さんにお礼を伝えておいてくれ。せめてもの気持ちとして、特別手当をいつもの口座に振り込んでおいたから」

「いつもありがとうございます。ま、これで俺はお役御免でしょうけど」

「そうだな、これからは私がいつもそばにいるからね」

「俺が言うまでもないですけど、しあわせにしてやってくださいね、陽のこと」

「無論だよ、きみに念を押されるまでもない」

二人の間に、ほんの一瞬火花が散ると、そこへちょうど戸締まり確認した陽が戻ってくる。

「お待たせ！　大丈夫だったよ」

するとそこへ呼んだタクシーが折よく到着したので、三人は道路へ出る。

そこでリアムがなにも荷物を持っていないのを見て、晃が絶句した。

「え、リアムさん、イギリスから手ぶらで来たんですか？」

「うん、そう。ちょっと慌てていてね」

と、リアムは茶目っ気らしく片目を瞑ってみせる。

「晃、俺、リアムを空港まで見送りに行ってくるね」

「おう、気をつけてな」

二人を乗せたタクシーが走り去るのを見送ってから、晃は独りごちる。

「陽、誤解すんなよ？　一応報酬はもらってたけど、おまえのことが大事でガードしてたのに変わりはないんだからな」

あの用意周到な男が、ただ十四年も離れ離れのまま陽を放っておくはずがないではないか。

余談だが、陽の祖母の具合や状況を逐一リアムに報告していたのももちろん晃の仕業だ。

陽になにか変わったことがあれば、すぐ連絡するようにと常々依頼されていたので、晃は忠実にその務めを果たしたというわけだ。

リアムの手回しと尽力により、陽の祖母は名医に執刀してもらうことができ、無事回復できた。

結果的によかったのではないかと思う。

まぁ、幼馴染みをダシに報酬をもらっていたことには多少後ろめたさは感じるが。

「まぁ、一事が万事ソツがないし、なにかとすごい男だよ、あの人は。あんな人に見染められたら、もう逃れられないと思ったしさ。あれだけ愛されてたら、あの人のものになった方が陽もしあわせだしな」

と、独りごちた晃は肩を竦め、自宅へと戻っていった。


タクシーの車中では、陽は無邪気に質問してくる。

「晃となに話してたの？」

「いや、別に。他愛もない世間話だよ」

澄まして答え、リアムは後部座席のシートに身を預けた。

十四年。

一言で言うのは簡単だが、長い道のりだった。

十四年前のあの日。

初めて陽に出会い、リアムは電撃に打たれたような一目惚れを経験した。

自分の伴侶になるのはこの子しかいないと、十二歳にしてそこまで思い詰めてしまったほどそれは衝撃的な体験だった。


本当は陽には内緒で何度も来日し、時折陽の成長を垣間見ることがリアムの生き甲斐だった。

陽が男だということを隠しているので、本人には会えない。

だが幼い頃のまま、純粋で愛らしく育っていく陽を、遠くからだけでも眺めることが最上の悦びだった。

晃にああいった依頼をするようになったのも、偶然来日の最中に彼にばったり会ってしまった時にふと思いついたからだ。

陽の幼馴染みである彼は、快く依頼を引き受けてくれて、数々の毒牙《どくが》から陽を守り抜いてくれた。

本当に、彼にはいくら感謝してもし足りないほどだ。

陽が男の子だということは、とうの昔に知っていたが、知らないふりをし続けたのは、今回イギリスに彼を呼び、偽の恋人役を頼むためだった。

それに女の子相手だということにしておいた方が、ストレートに口説きやすいし、陽も口説かれてもやむなしと思ってくれる。

そういう計算もあった。

そのために、父親がゴリ押ししてくる縁談もはっきりとは断らず、ずるずると引き延ばしてきたのだ。

欲しい人を手に入れるために、実家との確執まで利用した自分の本性を知ったら、陽はどう思うだろうか？

満を持して陽との再会を果たし、『女性』として彼を口説き続ける間、陽の揺れる心に騙していることの罪悪感を感じなかったといえば嘘になる。

だから彼が、おそらくは自分のためを思って身を引こうとした決断を尊重し、一旦インターバルに入るつもりでいた。

もう少し時期を空けてから、再度作戦を練り直しリトライしようと目論《もくろ》んではいたものの、こんな強引なやり方で陽を手に入れて、それで彼がしあわせになれるだろうかと考え、躊躇していたのも事実だった。

だから、祖母の件で陽からメールが来るようになっても返信したいのを我慢した。

だが、そんな自制心は、陽の最後の告白メールで粉々に打ち砕かれてしまった。

そして恋の熱に浮かされ、矢も楯《たて》もたまらず陽に会いに来てしまったというわけだ。

周到に長期計画を練ってきたとはいえ、一歩間違えば陽はいつ他の人間のものになっていてもおかしくなかった。

この一世一代の賭《か》けに、自分はついに勝ったのだ。

なにより欲していた恋人を手に入れ、リアムの胸は充足感に満ち満ちていた。

もう、誰にも渡さない。

陽は自分だけのものだ。


「愛してるよ、陽」

運転手には聞こえないようにその耳元で囁くと、陽は頬を染めながらも嬉しそうににっこりしてくれた。

イブの蜜月

CROSS NOVELS

「リアム、次はあれ乗ろうよ！」

と、陽《ひなた》は元気よくパーク内の乗り物を指差す。

今日は待ちに待った、リアムとのデートだ。

昨夜は興奮してしまって、遠足前の子供のようになかなか寝つけなかった陽だ。

当然ながらもう女装ではなく、男性物のダッフルコートとジーンズ姿だ。

女の子の恰好も可愛かったけれど、今の方がずっと可愛い、とリアムが言ってくれたのが照れ臭いが少し嬉しい。

「花《はな》やしきって初めて来たよ。レトロでけっこう面白いね」

「こういう雰囲気を『昭和《しようわ》』な感じと言うんだろう？」

「リアムって、ほんとにいろいろ知ってるよね」

二人で相談しながら、乗り物を全制覇する勢いでパーク内を回る。

遊園地に来るのも久しぶりで楽しかったが、なにより隣にリアムがいてくれるのが嬉しい。


二人の想いが通じ合った、あの夏の終わりから約三カ月。

リアムは約束通りロンドンでの身辺整理を済ませて来日し、あの買い戻した思い出の屋敷で暮らし始めた。

とはいえ、まだ日本での足場が固まっていないので、彼の忙しさは並ではなく、なかなか休みも取れない日々が続いていて。

今日は本当に久しぶりに、陽のためになんとか休暇をもぎ取ってくれたのだ。

リアムの行きたいところに観光案内してあげる、と申し出ると、彼のリクエストはこのレトロな遊園地だった。

「でもリアム、行きたいとこのセレクトがマニアックだよね。スカイツリーよりも、浅草《あさくさ》雷門《かみなりもん》に花やしきなんて」

「子供の頃は、ほとんどどこにも行く暇もないうちに帰国してしまったからね。前から、言問橋《ことといばし》を眺めながら、緑茶で言問団子を食べるのが夢だったんだよ」

パーク内をそぞろ歩きながら、リアムが言う。

「でも本当は、陽が一緒ならどこでもいいし、どこでも楽しいよ」

今日のリアムは陽に合わせ、カジュアルなハーフコートにチノパン、それに白いマフラーという軽装だ。

それでも彼の存在は充分に人目を引き、さきほどから擦れ違う女性たちが一様に振り返っていくほどだった。

と、にっこりされ、その笑顔は眩しすぎて、この素敵な人が本当に自分の恋人になってくれたのだと思うと妙にドキドキしてしまう。

午前中から遊園地で遊び倒した二人は、ランチに天丼の名店で絶品天ぷらに舌鼓を打ち、それから腹ごなしに浅草界隈《かいわい》を散策した。

相変わらず観光客の多い仲見世通り《なかみせどお》をひやかしていると、リアムが土産物店で足を止め、熱心になにか物色し始める。

「なに見てるの？」

「ん？　陽に似合いそうだと思ってね」

と、彼が手にしていたのは女性用着物を模した、観光客用の着物ガウンだ。

鮮やかな桜柄が刺繍《ししゅう》されたそれはちゃんとした正絹《しょうけん》で、土産物用とは思えないほどよくできているが、その分値段もなかなかのものだった。

「……それ、女の人用だよ」

「でもサイズはぴったりなんじゃないかな。寝巻にちょうどよさそうだ」

と、止める間もなく店主にカードを差し出し、会計を済ませてしまう。

「リアム、俺にお金使いすぎ！　あんまり無駄遣いしないでよ」

「まぁまぁ、クリスマスプレゼントってことで」

「そのセリフ、もう十回くらい聞いたよ」

そうなのだ。

リアムときたらイギリスから戻ってきた時も山ほどお土産を買ってくるし、ちょっと一緒に買い物に出かけたかと思うと、高価な服やバッグ、靴などを試着させてはすぐに買ってしまうのだ。

「はは、プレゼントして怒るのは陽くらいだよ」

「すごく嬉しいけど……俺はリアムがそばにいてくれるだけで、もうなんにもいらないくらいしあわせだからってこと！」

「陽……」

こうしてただ一緒にいるだけで、なにもしなくても楽しい。

それは陽の本心だった。

「もうすぐクリスマスだね」

歩きながら、陽は続ける。

「あ、でもリアムからのプレゼントはこれで打ち止めだからね？」

と、一応釘を刺しておく。

「リアムは？　クリスマスプレゼント、なにがいい？」

リアムは、自分が欲しいものはなんでも買える財力を持っている。

自分の乏しい小遣いで買えるもので、彼を喜ばせられるものが手に入れられるのか、はなはだ自信がなかったので、一応探りを入れてみる。

するとは彼は買ったばかりの着物ガウンの入った紙袋を掲げ、真顔で言った。

「プレゼントなんて、陽がこれを着て首にリボンを巻いてくれて、『僕を食べて』っておねだりしてくれれば、ほかにはなにもいらないよ」

「……いらないって言うわりに、細かい設定だよね、それ！」

「ふふ、冗談だよ」

本気にした？　とからかうように言われて、陽は拗《す》ねた様子でそっぽを向いてみせる。

「本気にしたよ。だってリアムって貴公子っぽいのに、実はけっこうエッチだってわかっちゃったからさ」

「エッチな僕は、嫌い？」

肩を抱き寄せられ、耳元で囁かれると、かっと頬が熱くなる。

「ひ、人に見られるよ……っ」

「構わないさ。陽が僕の可愛い恋人だって、世界中の人間に自慢してまわりたいくらいだ」

「リアム……」

「ほら、手が冷たくなってる。おいで」

陽の手を取ると、リアムは手を繋いだまま自分のコートのポケットに入れて歩き始めた。

初めはやや人目が気になった陽だが、リアムがあまりに堂々としているので、なにも恥じることはないのかなと思い直す。

「それじゃ、リアムの夢叶えに行こう！」

元気よく言って、陽は言問団子の有名な店に彼を連れて行き、二人で緋毛氈《ひもうせん》を敷いた縁台に並んで座り、仲良く団子を堪能した。


楽しい時間ほど、あっという間に過ぎてしまうものだ。

平日になれば、リアムは忙しくなるのでまたしばらくは会えない。

夜はリアムが仕事先の相手との会食があるので、陽は家の前まで車で送ってもらった。

「ありがと、ここでいいよ」

少し手前で停めてもらい、シートベルトを外そうとして、少しためらう。

正直、離れたくなかったが、そんな我が儘は言えずに陽はうつむいた。

「次、いつ会える……？」

「陽……」

だが、そんな思いは同じだったのか、リアムがシートベルトを外し、運転席から身を乗り出してくる。

あやすように頬を指先でなぞられ、陽も顔を上げる。

「帰したくないな。このまま陽を攫ってしまいたい」

「リアム……」

たまらず両手を伸ばし、陽も彼の首にしがみついた。

「どうしよう……毎日……リアムのことばっかり考えちゃって……自分でもどうにもならないんだ」

「それは僕も同じだよ、陽」

「俺、どうかしちゃったのかな？」

恋を知る前と、明らかに自分が変わってしまった自覚がある。

そんな変化に、戸惑いを隠せなかった。

「人はそれを、恋の病と呼ぶんだ。恋をすると、誰でもそうなる」

やはりそうなのか。

初めての恋に翻弄《ほんろう》される陽は、彼の耳元にぼそりと呟く。

「……俺、かなり重症かも」

「お互いにね」

と、リアムが微笑む。

「そうだ、クリスマス・イブはなんとか時間を作るから、夜は一緒に過ごそう。お家《うち》の人には、泊まってくるって言っておいてね」

「ほんとに？」

二人で過ごす、初めてのイブ。

陽は現金にも、顔を輝かせた。

「二人だけのクリスマスパーティ、楽しみにしてるよ」

「うん、俺も」

最後に交わす口付けは、名残惜しくて。

どうしても長くなる。

路上に停めた車では、もしかしたら近所の人に見られてしまうかもしれない。

だが、やめられなかった。

リアムの車が、再び都内方面へと走り去るのを見送り、自宅に入る。

彼とのデートの余韻を楽しみたくて、夕飯は済ませてきたからと家族に断り、早々に自室へ籠った。

こんなにリアムのことを好きになってしまって、どうしよう。

陽はそんな悩みを抱えながら、彼が買ってくれた着物ガウンを抱きしめた。

◇　◇　◇

約束の時間まで、あと十分。

本当はもう一時間も前から仕度は済んでいたのだが、パーティに招待されて時間より早く着くのはマナー違反なので、飛んでいきたいのを我慢する。

ようやく約束の午後六時になって、陽は階段を駆け下り、居間にいた母に声をかけた。

「リアムの家で、大勢でクリスマスパーティやるんで、今日泊めてもらうから」

親に嘘をつくのは、やはり罪悪感があって早口で告げる。

「あらあら、お邪魔じゃないの？　リアムさんお仕事忙しいんでしょ？　陽と違って学生じゃないんだから、甘えるのもほどほどになさいよ」

「……わかってるよ」

お小言が続かないうちに、陽は急いで家を出る。

なにも知らない母たちは、自分とリアムの関係を疑いもしていない。

いつかは話さなければならないとわかってはいても、やはり気が重かった。

「やぁ、いらっしゃい」

リアムの屋敷を訪れると、よく来てくれたね、とリアムが頬に歓迎のキスをしてくれる。

さっそく広いリビングに通されると、子供の頃ひどく羨ましいと憧れていた本物の暖炉がそのまま残っていた。

「暖炉、残したんだ」

「ああ、陽、好きだっただろう?」

自分のために残してくれたのだと知ると、嬉しさが倍増する。

「うん、大好き」

「それにイブはやっぱり暖炉の前の方がムードが出るからね。でも、昔の薪《まき》をくべるのじゃなくて、ガスに変更したけど」

その言葉通り、久しぶりに訪れたリアムの屋敷は、あちこち手入れや改装がなされていて、昔の記憶よりもだいぶ近代的なイメージになっていた。

「時間がなかったんで、パーティ用デリを用意してもらったよ」

リアムはデパートに食材や総菜を卸している名店などにもツテがあり、おいしい店をよく知っている。

なので、彼が用意してくれたテイクアウト用の豪華なパーティセットは、食べる前からどれもおいしいとわかっていた。

陽はまだ未成年なのでソフトドリンクで、リアムはワインで乾杯する。

「本当はどこかでディナーをとも思ったけど、陽と二人っきりになりたかったから」

「うん、俺もこの方がずっといいよ」

ダイニングテーブルにはリアムが用意してくれたキャンドルの灯《あか》りが灯され、ムード満点だ。

よく焼けたターキーと定番のクリスマスケーキを堪能し、楽しい食事を終えた後、二人はドリンクや菓子と共に暖炉前に敷かれたラグに場所を移す。

するとリアムは待ちかねたように陽を腕の中に抱き寄せた。

陽も安心して、彼の胸に頭を預ける。

寒くないようにと、リアムは足元にブランケットまでかけてくれた。

大した過保護ぶりだ。

甘やかされるのが心地よくて、陽は彼の体温を思う存分堪能した。

「このお屋敷、好きだな。すごく落ち着く」

「陽は子供の頃から、よくそう言ってたね」

リアムが勤める、デパートの日本支店は銀座《ぎんざ》にある。

本当なら都内に居を構えた方が通勤も楽に決まっているのに、鎌倉のこの屋敷を買い戻したのはもしかしたら自分がそう言ったせいかもしれない。

嬉しい気持ちと共に、彼に無理をさせているのではないかという不安が湧き上がった。

「職場まで遠くない？　大丈夫？」

「ここから銀座なんか、すぐだよ。なんとか仕事の方も一段落ついて、落ち着いてきたから、今までよりたくさん会えるようになるよ」

「ほんと……？」

「ああ、今まで寂しい思いさせてごめんね」

そこで陽は身体を起こし、

「リアム、これ……」

と、ひそかに持参してきた小さなプレゼント包みを差し出す。

リアムへのクリスマスプレゼントに、とあれこれさんざん迷って買ったのは、上品な茶色の革手袋だ。

バイト代とリアムに似合いそうなものとの兼ね合いで、選んだものだった。

これくらいしか買えなかったけれど、リアムが身につけてくれたら、いつも一緒にいられるような気がして嬉しいと思ったから。

「陽が選んでくれたの？　嬉しいな、大事に使わせてもらうよ」

もっと高級品も持っているはずなのに、リアムはとても喜んでくれたので少しほっとする。

「いつもたくさんもらってるのに、お返しできなくてごめんね。就職したら、もう少し豪華なもののプレゼントできると思うから」

そう告げると、リアムが微笑む。

「陽がいてくれれば、ほかにはなにもいらないよ」

「リアム……」

優しいキスが降ってきて、陽も目を閉じ、しばし行為に没頭する。

「……待って、シャワー借りていい？」

「ああ、もちろん」

バスルームでシャワーを借りた陽は、洗いたての素肌の上にこっそり持参してきた着物ガウンを羽織った。

そして、クリスマスケーキの箱にかかっていた赤いリボンを手に、しばし逡巡《しゅんじゅん》した後、それを首に巻きつける。

自分でやっておきながら、今さらながら大胆すぎるだろうかとドキドキしてきた。

ぺたぺたと裸足でリビングに戻ると、暖炉の前のリアムはワインを飲みながら待っていたらしく、陽の気配を感じて振り返った。

「陽……」

「あ、あのね、リアム」

痛いほどの彼の視線を感じ、恥ずかしさでついうつむいてしまう。

「リアムが喜んでくれるなら……と思って」

「おいで」

リアムが手を伸ばしてくるので、陽は導かれるままラグマットに胡坐《あぐら》をかいて座る彼の膝の上に乗せられた。

「ありがとう。なによりのプレゼントだ。もちろん手袋も嬉しかったけどね」

と、頬にキスしてくれる。

「で？　プレゼントの中身が楽しみなんだけどな」

「……」

催促されて、陽はおずおずとガウンの紐を解く。

肩口からするりとガウンを落とせば、すぐに生まれたままの姿だ。

陽が首のリボンを解こうとすると、それをリアムが止める。

「駄目だよ、まだリボンはつけたままだ」

「そんな……恥ずかしいよ……っ」

「どうして？　こんなに可愛いのに」

「だ、だって……」

「いいから、じっとして……」

肌の上を滑る、リアムの指の感触が好きだ。

とても大切にされている、そう感じることができるから。

「で？　なんて言うんだった？」

「……やっぱり言わなきゃだめ？」

「せっかくだから、聞きたいな」

期待を込めた眼差しで見つめられ、陽は耳まで紅くなりながら、ぼそぼそと呟く。

「ぼ、僕を……食べて」

「よく聞こえないよ」

「もう！　リアムの意地悪っ」

抗議すると、耳元でごめんねと囁いた後、彼は陽をラグの上へと丁重に横たえた。

そしておもむろに首のリボンを解き。

「では、おいしくいただきます」

と、真顔で両手を合わせ、食事前の『いただきます』ポーズをしてみせるので、思わず笑ってしまう。

ちらちらと揺れる暖炉の灯りに照らされる、陽の裸身をじっと見つめ、リアムが微笑む。

「陽の身体、とても綺麗だ」

「……暖炉のおかげで、裸でも寒くないよ」

早く来て、と陽が照れ隠しに両手を伸ばす。

そしてリアムも着衣を脱ぎ捨て、二人は暖炉の炎に裸身を照らされながら飽きることなく睦《むつ》み合った。

久しぶりの逢瀬《おうせ》だった。

もう、ほかのなにも目に入らない。

ただただ、互いに夢中で、欲しくてたまらない。

触れ合った肌を通し、伝わってくる互いの心音に深く癒《い》やされる。

「……ん……っ」

キスには、もうだいぶ慣れてきた。

リアムに情熱的に愛されて。

陽の身体は、まだ拙いながらも彼に愛され、その愛撫にとろかされ、そして極めることを知っている。

こんなに感じてしまうのは、相手がリアムだから。

そんな身体の変化が、嬉しくもあり恥ずかしくもある。

とはいえ、彼を受け入れるための行為はいまだ慣れない。

陽に負担を与えたくないのか、リアムの愛撫は入念で、最後には声も嗄《か》れるほど息も絶え絶えになるほど喘がされてしまうから。

「リアム……リアム……っ」

「陽……っ」

焼けるような熱杭が、ゆっくりと蕾を押し開き、侵入してくる。

「ぁ……入ってくる……リアムが、入ってくるよ……っ」

うまく回らない舌で訴えると、優しいキスがこめかみに降ってきた。

「そうだよ、僕たちは一つになったんだ」

次第にどこからが自分で、どこからがリアムなのか、その境界すら曖昧になっていく。

そして、二つの別々の身体を持つ人間が、一つになる、瞬間。

今、二人は完全なる一対の存在だった。

年齢も国籍も境遇も違う二人が、奇跡のような偶然で幼いあの日に出会った。

そう、あの日あの瞬間から、二人の恋は始まっていたのだ。

「ぁ……ぅ……っ」

内を緩く突かれ、喉がのけ反る。

苦痛でないと言えば嘘になるが、この行為は深い充足感を陽にもたらしてくれた。

「愛してる……こんな言葉では、とても言い表せないくらいに」

「俺も」

だから、もう離さないでね、と彼の耳元で囁く。

そしてこの温もりを、永遠に失いたくないと思った。

「陽……っ」

恋人の初々しい媚態《びたい》に煽《あお》られたのか、今日のリアムは激しくて、立て続けに激しく抽挿《ちゅうそう》される。

「ひ……ぁぁぁ……っ！」

その強い刺激にひとたまりもなく、陽は陥落させられ、墜情する。

だが、まだ足りない。

リアムに愛され、会えない間に味わった渇望感は嫌というほど陽を駆り立て、貪欲《どんよく》に彼を求めさせていく。

「もっと……もっとして」

「陽……っ」

骨まで砕けよとばかりに荒々しく抱きしめられ、陽は生まれて初めて味わう陶酔にたゆたい、うっとりと身を任せた。


愛し合った後の、彼の体温を感じながら過ごすこの時間が好きだ。

恋しい人の腕に抱かれ、まだ整わない呼吸をつきながら陽はしあわせを噛み締める。

一方、リアムはといえばまだまだ陽を構い足りないらしく、先刻からずっとその髪に頬に、唇にとキスの雨を降らせ続けていた。

スキンシップが激しいのはお国柄かもしれないが、それでも嬉しい。

陽も甘えるように、彼の広くて逞しい胸に鼻先を擦り寄せた。

すると、ふいにリアムが呟く。

「……陽が二十歳《はたち》になったら、お互いの家族に打ち明けよう。いい結果を得られなくても、それでも一緒に暮らそう」

唐突な宣言に、陽はすぐには返事ができなかった。

が、よく考えてからしばらくして口を開く。

「……俺、男だけどほんとにいいの……？」

おずおずとそう確認すると、リアムは微笑んだ。

「陽なら男でも女でも、エイリアンだってかまわないよ」

「……うん」

周囲の理解を得るのは、簡単なことではないだろう。

だが、リアムと二人でならどんな難題でも乗り越えられる。

素直にそう信じられた。

「じゃあ、約束」

幼いあの日と同じように、陽は小指を差し出す。

『指切りげんまん、嘘ついたら針千本飲ます』

十数年の時を経て、二人の小指が再び絡まり、そして離れた。

だが、指切りしなくてももうわかっている。

自分の大好きなこの人は、必ず約束を守ってくれると。

「ありがとう、リアム」

ずっと好きでいてくれて。

あきらめないでくれて、本当にありがとう。

陽は心から礼を言う。

「これは聖夜の誓い、だ」

「うん」

愛してる。

万感の思いを込め、二人は聖夜に神聖なる誓いのキスを交わした。

あとがき

クロスノベルスさんでは『初めまして』になります、真船《まふね》るのあと申します。

かなり趣味に走ってますが、とても楽しく書かせていただきました。

貴公子の仮面を被りつつ、リアムはけっこうな変態なので（笑）、二人は今後いいバカップルに成長するんじゃないかと思います。

イラストを快く引き受けてくださった緒田《おだ》涼歌《りょうか》さまには、大変お世話になりました。

まさに貴公子のリアムと、キュートで可愛い陽《ひなた》を本当にありがとうございました！

最後に、お声をかけてくださった担当さまとこの本を手に取ってくださった皆さまに、心よりの感謝を捧げます。

次作でまた、お目にかかれる日を心待ちにしております♡

真船るのあ

CROSS NOVELS **MOBILE**

『空の涙、獣の蜜』【特別版】

illust **稲荷家房之介**

六青みつみ

山の主の人身御供にされたソラは、巨大な白虎と黒豹に組み伏せられ、凌辱されてしまう。白虎の珀焔、黒豹の黛嵐はソラの精を得て人型になるため、交替で彼らに抱かれることに。神獣達から求められ、次第に変化していくソラの身体。だが心は何故か、優しい黛嵐ではなく、自分に冷たい珀焔に傾いていた。ある日、敵対する胡狼と戦い傷ついた珀焔を治療するため、二人は宝剣に戻ってしまう。その留守を守っていたソラは胡狼達に捕らわれて――。

『淫夢の御使い』

illust **稲荷家房之介**

「空の涙、獣の蜜」番外編

六青みつみ

神来山の神獣・珀焔の伴侶になったソラは、胡狼の襲撃事件によって身体と心に深い傷を負っていた。そんなソラを珀焔は優しく労り、大事にしてくれる。だが、以前のように乱暴に抱かれたい……淫らな欲望がソラを襲う。その欲望は、ある日現実となった。珀焔の姿をした別の輩に捕らわれ、触手のようなもので嬲られるうちに身体は快楽を得てしまい!?

大人気けもみみＢＬ『空の涙、獣の蜜』書き下ろし短編、ついに電子書籍に登場！

CROSS NOVELSをお買い上げいただき
ありがとうございます。
この本を読んだご意見・ご感想をお寄せください。
〒110-8625
東京都台東区東上野2-8-7　笠倉出版社
CROSS NOVELS 編集部
「真船るのあ先生」係／「緒田涼歌先生」係

CROSS NOVELS

溺愛貴公子とうそつき花嫁

著者
真船るのあ

2012年12月23日　初版発行　検印廃止

発行者　笠倉伸夫
発行所　株式会社　笠倉出版社
〒110-8625　東京都台東区東上野2-8-7　笠倉ビル
[営業]TEL　03-4355-1110
FAX　03-4355-1109
[編集]TEL　03-4355-1103
FAX　03-5846-3493
http://www.kasakura.co.jp/
振替口座　00130-9-75686
印刷　株式会社　光邦
装丁　磯部亜希
ISBN　978-4-7730-8642-3
Printed in Japan